智商決定命運

知識驅動前程

蒲城　周作成書

感慨晚年

周作成 著

山西出版传媒集团

山西人民出版社

图书在版编目（CIP）数据

感慨晚年 / 周作成著. -- 太原：山西人民出版社，
2023.2
ISBN 978-7-203-12507-5

Ⅰ. ①感… Ⅱ. ①周… Ⅲ. ①长篇小说 – 中国 – 当代
Ⅳ. ①I247.5

中国版本图书馆CIP数据核字（2022）第244376号

感慨晚年

著　　者：周作成
责任编辑：靳建国
复　　审：吕绘元
终　　审：李　颖
装帧设计：中尚图

出 版 者：山西出版传媒集团·山西人民出版社
地　　址：太原市建设南路 21 号
邮　　编：030012
发行营销：0351-4922220　4955996　4956039　4922127（传真）
天猫官网：https://sxrmcbs.tmall.com　电话：0351-4922159
E-mail：sxskcb@163.com 发行部
　　　　　　sxskcb@126.com 总编室
网　　址：www.sxskcb.com

经 销 者：山西出版传媒集团·山西人民出版社
承 印 厂：天津中印联印务有限公司

开　　本：880mm×1230mm　1/32
印　　张：5.5
字　　数：60千字
版　　次：2023 年 2 月 第1 版
印　　次：2023 年 2 月 第1 次印刷
书　　号：ISBN 978-7-203-12507-5
定　　价：49.00 元

如有印装质量问题请与本社联系调换

目 录

此时正忙着牵头筹办第二届聚会活动的王立仁对于 3 年前的首次聚会仍记忆犹新，退休多年的老年人们汇聚一堂，相见甚欢、互诉衷肠的场景令他感慨万千。

第一次聚会是由退休工人忽兰英突发奇想临时提议的，她用电话、短信和微信等方式通知了十几个人，大家互相转告后，最后竟有 260 多人报名参加，人数占据了他们平城毛纺厂退休工人的 75%。

预期的首次聚会活动很是热闹，在一片嬉笑声中开始。大家一见面就紧紧握住双手，祝福健康长寿的同时表达了多年的思念之情，而后便开始了闲谈。闲谈中，得知了有的人养生有方，有的人还"年轻"，但也有的人已经"三高"，小病缠身；有的人老年生活丰富多彩，老有所学、老有所为、老有所事、老有所美；而子女永远是他们离不开的话题，所以也会打听谁的子女学历最高，发展得最好；谁的子女学历偏低，发展得也很好……

聚会正式开始之时，总策划人忽兰英在致辞

中说："同志们，首先祝贺大家，今天还能健康地在这里互相见个面，为此我提议，在座的全体老年同志们，让我们一起起立举杯吧……自从退休后，我们分散在全国各地，在天各一方的情况下，很难相聚在一起，今天，我们这些已经进入老境的人们，能放下一切赶到陕西这个漂亮的县级城市，欢聚在一起，目的就是为了见一见也许是最后的一面，叙一叙也许是最后的交谈。"

听了这个开宗明义的简要致辞，人们爆发出热烈的掌声！

掌声过后，王立仁首先举杯发言，他说："对于这次聚会，我很是激动，下次聚会的时候，咱们就不用这样 AA 制了，所有的费用，我全部承包了！"

对于这个消息，大家很是兴奋，纷纷鼓掌以示感谢。

忽兰英接着说道："青年时期的我们，面对人生，谁都有过迷茫。那时候，我们就似早晨八九点钟的太阳，觉得世界归根结底是我们的，但现在想想，这世界是我们的吗？不是！我们只是在这个世界上，用我们的创业精神和实际行动，或路过顺便签了个名，或写下了值得记忆的几个篇章，或书写了几幅值得人们称道的画卷，并依赖这个世界提供的各种宜居环境和社会福祉，潇潇洒洒地完成了我们的人生旅行，然后把这个曾经属于我们的伟大的世界，又移交给了承前启后、值得信任的下一代。现在大家想想看，几十年过去了，全国的方方面面，都发生了意想不到的巨

感慨
晚年
——
004

大变化。现在我要说，这个全新的世界，归根结底就是下一代和新一代的，因为我们已经是青春远去的人了。当年我们走进传统纺织企业，安装老旧设备开始新的人生征途的时候，不知不觉地从青年走向了中年，又从中年走向了今天的老年，才懂得了这就是人生如梦，才懂得了这就是人生追梦的全部过程。现在，我们已经不再是早晨八九点钟的太阳，更不是中午骄阳似火的太阳，亦不是下午四五点钟仍然光芒万丈的太阳，而是太阳落山之前少了许多热度却存有绚丽余晖的那种太阳了。太阳落山了，明天还会照样升起，而我们一旦落山了，也就是人的一生已经走到尽头了，永远不会像太阳那样升起了。所以我要建议大家，首先，是在带孙子、孙女以及做家务的辛苦过程中，要身忙心闲。其次，在安度晚年的过程中，一定要有闲心，有闲心才能实现劳逸结合，千万不要身忙心乱，动不动就生闲气，忽略了老来伴的身体健康。再次，已经单身的老年同志们，要树立起新的幸福观念，要在先进思想的指导下，在身体健康能量需要的情况下，尽量给自己找个老伴，这个事没有人笑话，只会鼓励你们放心地往前走，因为有个老伴，更加有利于老年人的身心健康。"

话音刚落，大家便用掌声点赞了忽兰英的这一席话。

而后老万站起来，发言道："这是一次珍贵的聚会活动，也是一次令人欣慰的聚会活动，更是一次让我们活出新精彩的聚会活动。我想说，我们的国家现在发展得这么好，现代化的水平这么高，城市越来越漂亮，街道也越来越宽敞，我们要更加注重自己的身体健康，以享受美好生活。"

人们再次用掌声肯定了老万的观点。

忽兰英的老伴，也就是曾经担任过副厂长的汪雨灏，立即站起来发言，他直奔主题说道："大家都知道，就整个人类历史而言，人生是一条生生不息的河流，但对个体生命来说，生命是短暂而脆弱的，不论你是多么富有，还是多么贫穷，生命的起点与终点，都在咫尺之间。"

顿时，大家爆发出热烈欢迎的掌声……

大概是受到热烈气氛的感染，这时，在王立仁旁边坐着的一位清瘦面庞的白发老太太举手要求发言，人们仔细端详，才发现这是当年赫赫有名的居柏青！她的清瘦老态，让许多人一时没认出来，忽兰英则一下子就认出了居柏青，急忙走过去和居柏青拥抱在一起，她激动地说："这些年你在哪里工作？你是怎么知道这个聚会消息的？"居柏青简要答道："我是半小时之前才赶到这里的。这些年我一直在北京工作，是昨天早晨7点多从西安的一位亲戚那里意外得到你们组织这次聚会的消息，所以又是坐飞机又是坐火车地赶了过来，一是为了看望一下大家，二是为了看看我曾经居住过的地方这些年都有了哪些发展变化，三是看望一下蒯大元，看他如今过得怎么样了，当年是我对不起他，应该当面向他道个歉。"

立即，大家热烈鼓掌……

居柏青生于 1947 年，尽管在平城毛纺厂只工作了不到 3 年时间，却对这个地方有很深的感情。一个月前，居柏青在家里编写了个微信帖子，今天拿出来和大家共享：

伸一伸老腰，摸一摸稀发，忽然发现，我们已经变老！

半个世纪有多长？回头看，似乎只是几个月！

半个世纪有多短？低头看，孙子、外孙满地跑！

爬过山的人，知道山峰有多高！

蹚过河的人，知道河水有波涛！

跌跌撞撞地走到今天，才认为活着，挺好！

在岗的朋友，应把本职做好。

退休的朋友，就把身体养好。

生命只有一次，活着真好！

活在东北你不要嫌天冷，

活在重庆你不要嫌天热。

活在乡下有绿荫环绕，活在内蒙古有浪漫的
蒙古包。

这个世界真大，东西南北都能养老。

地域不是问题，你可以放开逍遥。

说学逗唱，摄影舞蹈，棋琴书画，打球慢跑……

在群里聊天是前世有约，

没有缘怎能在一个群体中说段子，天天逗笑？

所以要珍惜群里的片片情意，爱护群里的花花草草！

上天给我们的时间真的很少，

关照彼此的感受让大家心情都好！

特别是聚会让人们感受着重逢的奇妙！

还有我们这个年龄，活着真好，

没有辜负阳光，没有辜负父老，

没有给儿女添累，就是活出了自己的骄傲！

听完她的朗读，大家再次热烈鼓掌……

王立仁受到启发，想把自己原创的一个帖子也念给大家听听，可他认为自己的音质不好，比居柏青的普通话更是差远了，于是就把这个帖子转发到忽兰英的手机上，让忽兰英代为朗读。忽兰英匆匆浏览了一下，立即朗读起来，她清亮地朗读道：

啊，我老了！

——我老了，可我感到幸运。同样是人生一

场，有人英年早逝，有人倒在花甲之年的门槛上，没能走好完整的人生路，幸运眷顾了我。我感恩，我知足。

——我老了，可我感到自由。不再求升迁，不再谋职称，抛弃了奢望，减少了需求，告别了职场。一切行动自己做主，有了支配时间的自由。

——我老了，可我感到快乐。没有了少年成长的烦恼，没有了青年求学的艰辛，没有了壮年工作的压力。可以去高山看日出，可以去海岸观波涛，可以去走访名山大川，可以去跳舞，可以去飙歌。

——我老了，可我感到彻悟。再无少年的懵懂，再无年轻的气盛，阅历人生多少事，体察人间多少情，是非曲直心有悟，沧桑变换不觉惊，气定神闲观世象，唯有清廉慰人生。

——我老了，可我感到坦然。人生是个自然发展的过程，自然过程随自然，活好当下最关键，活出质量与精彩，如果有死神突然相约，就立即融入自然一路向西。

忽兰英朗读完之后，立即向大家征求意见说："这个帖子写得好不好？"

"好——"大家一呼百应。

听到大家的一致表扬，王立仁顿时来了精神，说他还有个《二十四点》，要给大家分享一下。他用甘肃庆阳的方言念道：

凡是晚年想长寿的人们，知道这二十四点就

够了。这二十四点就是：睡得早一点，动作慢一点，食量减一点，吃得杂一点，晚餐早一点，食物热一点，水多喝一点，盐少吃一点，运动多一点，心放宽一点，名利淡一点，知足有一点，年龄忘一点，闲事少管点，凡事看开点，朋友多交点，微笑多一点，爱好广一点，穿戴新一点，旅游来一点，老年潇洒点，微信玩一点，老酒咪一点，《易经》学一点。老年人只要记住了这二十四点，就能快乐多一点，寿命长一点，祝我认识的每一位朋友们，健康快乐，幸福安康！

大家再次热烈鼓掌，对王立仁强调的这个《二十四点》又表示了衷心感谢。

忽兰英趁势问道："你们谁还有帖子，拿出

来给大家分享一下？"

老万举手说："我刚才有感而发地写了两个帖子的初稿，第一个的题目是《聚会》，第二个的题目是《关于‘老了’》，现在就由我用陕西关中方言，给大家分享一下吧。"

聚会

——这是一次令人欣慰的聚会，也是一次令人鼓舞的聚会。晚年又活出了新的精彩，聚会交流了我们的人生自信。人生的倒计年正在减少，岁月的光速不曾饶人。我们只要保持健康地幸福活着，每一年都是新的胜利。我们更是继续向前的追梦人，展望未来就知道这是幸运。坚持走好晚年的每一段路，步履坚定才说明生命存在的意义。人越老越应该去寻求新的开始，新的选择让我们更加信心百倍！

关于"老了"

——看看同龄的人们，才知道自己老了，比比中青年的人们，才深感自己老了，想想还有许多同龄的人们，仍然在工作岗位上奋斗，我们才发现自己其实并没有老！老，那只是一种心态，心态老了，人也就必然老了。老，那只是一种趋势，趋势到了，人也就必然老了。没有一技之长的人们，也就更加显得老了，拥有各种学问优势的人们，他们却永远不显得多老，因为他们用积累的成功经验，继续谱写着老有所为的赞歌，新的一年又来到了，这是我们又老了一岁的关键时刻，此时，这些不服老的"老人"们，又想干干新的奋斗目标！

话音刚落，全场响起了热烈的掌声……

73岁的退休厂医韦书印举手发言："对呀，我赞成你这两个帖子所说的观点，论年龄，我们是真的老了，可是论心态，我们还不算老，包括我们的书画、诗词、楹联创作在内，也包括我们给儿女管娃在内，我们还可以追求新的奋斗目标。可是，要追求新的奋斗目标，就得有健康的身体，希望大家都要注意锻炼身体，谁有了健康的身体，谁才是最后的赢家。我曾听过这样一段话：'武则天证明，成功和男女没有关系；姜子牙证明，成功和年龄没有关系；朱元璋证明，成功和出身没有关系；李嘉诚证明，成功和文凭没有关系；罗斯福证明，成功和身体没有关系；比尔·盖茨证明，成功和学历没有关系……'所以事实证明，包括我们每个中老年人在内，你不努力，一切都和你没有关系。这就是科学发展观和阳光人生路，大家说对不对？"

"对！"紧跟着就是热烈的掌声，把聚会的气氛推向了高潮……

忽兰英也有感而发地说："我们这些人，有的即将迈上70岁，有的已经跨入70岁，所以，要经常用正能量鼓励自己，坚定地走好今后的这一段路，能做大事情的，抓紧时间做点大事情，能做小事情的，利用健在做些小事情，不能认为自己活着就是浪费空气，有了大病就是浪费人民币。就像我们今天的这次聚会，就取得了三个社会效益，一是让大家的心态突然年轻了不少，二是让大家的感念增加了不少，三是让大家的精神充实了不少。我们的这次聚会，还取得了一个重要经验，那就是活着就是为了高兴，就是为了快乐地度过每一天，所以我建议，把这样的聚会，应该每两三年或三五年举办一次，而且应当在聚会中，举办些有奖竞赛活动，以活跃气氛，当然，这些新问题，咱们随后再讨论。所以，我也即兴创作了一个帖子，作为对今天聚会的总结，题目是《我们这些人》……"

说着，她不用稿子，出口成章：

我们这些人，聚会在一起。有喜笑颜开的，有感伤抹泪的。喜笑是因为聚会而高兴，感伤是因为相见而泪目。曾经的企业，给我们留下了许多的记忆，因为它成就了我们的艰辛成长。当我们进入老境年龄的时段，老态让我们预知了人生的必然方向。我们已经知道，曾经的我们，已经变成了老年行列的人们，只好插上新的放飞理想的翅膀，年年幸福地健康长寿。我们知道，天黑得很快，快得就像一年只有一个季度，稍不留神的转眼之间，就会成为点缀绚丽晚霞的最后一束阳光。不知道在天黑之前，我们的最后一段路程，到底还有多远、多长；不知道在天黑之前，还有谁插着新的放飞理想的翅膀，挥就一支老年歌曲，点赞人生新的正能量；也不知道在天黑之前，我们的下一次聚会活动，在什么时间、在什么地方；更不知道在天黑之前，下一次聚会活动的时候，谁会临时缺席，谁会主持聚会，谁会来得最早。

人们热烈鼓掌……

老万忽然站起来说："我有个建议，我们应当建立个毛纺厂退休群，把大家都联系起来，下一次聚会的时候，收到通知的人，肯定就会更多一些。"

王立仁立即支持道："老万的这个建议很好，我赞成！"

韦书印说："好是好，可是谁当首任群主呢？"

老万说："论组织能力，我提议，忽兰英当第一任群主！"

人们立即用热烈的掌声表示赞成……

面对人们众星捧月一般的热烈掌声，忽兰英义不容辞，责无旁贷，立即发言表态："好吧，既然大家这么充分信任，我就来当第一任群主。为了扩大联络方式，我们必须先建好我们的群，有了这个群，我们就像重新回到企业一样万分高兴，有利于我们重新走到一起相扶到老！老年同志们，作为养老方式的一个重要补充，让我们在新的养老大环境中，健康快乐地筹办好我们的聚会吧，因为有了这一次的聚会经验，我们往后的聚会，肯定还会有灵活多样的其他方式，只要大家积极参与，我们的聚会，就会筹办得越来越好！"

聚会在人们的热烈鼓掌声中，成功结束……

由于王立仁的人生跌宕起伏，聚会结束后业余作家万广胤和王立仁商量，想以其为原型写一部长篇小说，老王满口答应。几天以后，老万忙完了手边的事，就根据自己的写作经验，开始构想小说的主要故事，想着想着，顿时来了灵感：老王的人生经历，用特写镜头看是个悲剧，用长镜头看是个喜剧，书名因此应运而生——《天黑得很快》。

　　老万把他的初步想法告诉老王，老王爽快表态："行，你就不用照猫画虎地虚构了，就用我的真实姓名、真实经历去写吧。反正我的情况，我以前给你说过一些，你也听别人谝过一些，你就发挥你的想象力，放手去写吧！"

感慨晚年

第二章

演义老王

为什么老万要以王立仁为原型写小说呢？那是因为老王的人生跌宕起伏，而这要从他的娶妻经历开始说起。

王立仁的第一任妻子名叫杨欣欣，在杨欣欣之前，王立仁相过很多次亲，也定过两次亲，可最终都由于各种原因无疾而终，而王立仁是杨欣欣的第三任丈夫，所以这场婚姻对于他们二人来说都是来之不易，故而更加珍惜彼此。婚后的二人也甚是甜蜜，顺利地生了一个儿子，二人本以为会幸福美满地白头到老，可事与愿违，杨欣欣意外死于一场车祸，这一年，王立仁42岁，杨欣欣也是42岁！

那天，杨欣欣高兴地告诉王立仁，单位有一个公费旅游的计划，想去广东、广西那边转一转，看一看南方省区的大好河山，现在正在报名阶段，她怕她走后王立仁对儿子照顾不周，所以想征求一下王立仁的意见。王立仁倒是很支持，说既然是公费旅游，他当然赞成妻子去了，至于儿子他会照顾好的，她只管放心好了。就这样，杨欣欣第二天就报了名。

出发当天，杨欣欣在丈夫和儿子的陪同下来到了去机场的大巴车前，而后独自一人上了大巴车，一直到大巴车驶远之后，王立仁和儿子才放下挥别的双手，依依惜别地返回家中。

车内，即将首次坐飞机的几个人嘻嘻哈哈地聊着天，领导发言说他们今天是6月6日的早晨6点出发，故而整个行程会六六大顺。车内的气氛再次活跃起来。就在大家欢呼之时，车子突然被猛烈地撞击了一下，大家还未反应过来，已经随车坠入了山下……

当时，一位正从家里出来准备去农田干活的村民，目睹了这一惨烈现场，立即向当地派出所报告……不一会儿，公安干警和医护人员陆续赶到现场，开始了营救工作……

而得到通知的王立仁火急火燎地赶到医院时，听到的却是妻子已经遇难的消息……强忍泪水的他再也忍不住，号啕大哭起来。

第三章

再婚

　　丧妻之痛对于王立仁的打击不小，但为了儿子他选择重新站起来，所以在办完妻子的后事后，他与儿子开始了新的生活。

　　时间长了，周围的人劝王立仁再找一个老婆，而王立仁也发现家里没有个女人确实问题不小，他也的确想再次拥有幸福，所以在征求了儿子的意见后，有了再婚的想法。

　　尽管再婚的想法还没有完全成熟，但听到消息的人们已经纷至沓来，这其中不但有介绍人，还有毛遂自荐的，就这样，王立仁接连见了14位相亲对象，可遗憾的是，由于各种各样的原因，都没有成功牵手，这让王立仁很是失望，一度想要放弃再婚的想法，但就在他绝望之际，他再次遇到了婚前的相亲对象——雷翠翠。他当时与雷翠翠相处了不到一年的时间，可就在步入婚姻殿堂之际，突然分手，至于分手原因，王立仁至今都没有向其他人说过。

　　雷翠翠的出现，让王立仁感到非常意外！而给他介绍雷翠翠的，是企业副厂长的夫人齐丹丹。齐丹丹告诉他，雷翠翠目前在外县工作，丧偶，企业工人，身体健康，品貌端正，有一个漂亮的女儿，刚参加完高考，成绩优异，已被一本师范大学录取。

王立仁问齐丹丹："她老公是什么时候、什么原因丧偶的？"

齐丹丹说："车祸！和你媳妇的情况一样，已经五六年了，也是在6月6日那天遇难的。"

他在内心中惊叹地噢了一声，又问："她老公生前是干什么工作的？"

齐丹丹说："应该是汽拖配件厂的工程师。"

"我们之前相亲过，差点步入婚姻殿堂，这个你知道吗？"

"你说什么？你们竟然还有这层关系！"

"不过自打我们分手后再也没有见过面，也

不知道她现在过得怎么样。"

"你们当初是为什么分手的？"

"一些鸡毛蒜皮的事情，具体的也都忘了。"

"我说，老王呀，这证明你们缘分没有尽呀，这次你一定要好好把握住机会！"

打听清楚后，王立仁立即向齐丹丹表态说："那好，你给我们联系联系吧。"

王立仁心想，如果真的能和雷翠翠再续前缘或许是个好的开始。

年轻时期的雷翠翠心高气傲，加之她的父亲雷存厚是当地有名的皮肤科医生，所以在当地有一定的知名度，家庭条件也自是很好，只不过大部分的农村男青年都有自知之明，并不会把雷翠翠作为未来伴侣的选择目标，只是把其列为梦中情人。

当年 21 岁的王立仁，被分配到纺织厂工作，虽然薪水只有 26 元，但也算是有了铁饭碗，故而条件算是不错的，这才有了与雷翠翠相亲的资格与机会。

事情的进展也如想象般顺利。王立仁和雷翠翠顺利交往，且雷翠翠也找到了工作。刚进入工厂的雷翠翠便成为令人瞩目的厂花了，不到一个月，就有四五个和她熟悉的中青年女工要给她介绍对象，条件那是一个比一个好。她把这个情况告诉了父母，父亲听到后很是严肃地说道："找对象，不能这山看着那山高，挑得眼花缭乱了，最终会把自己耽搁了。立仁虽然家境一般，但才华、身高哪样不好？而且做人不能始乱终弃，要从一而终。"母亲也强调说："再有谁问你这个事的话，你就明确地告诉她们，你已经有对象了，再好的对象都不能谈了。"为了让父母放心，雷翠翠表态说："你们放心吧，我不会三心二意的，我知道我该怎么做。"随后，她又把这个情况告诉了王立仁，王立仁一听，每个人的条件都比自己好，就坦然地对她说："你若嫌我不好了，想嫁给别人也行。不过我对你的心很坚定。"听到这个回答，雷翠翠还算满意，故而问王立仁两人何时安排结婚的事，又该怎么安排。王立仁说他当然想越快越好，他们都是过日子的人，就没有必要太过铺张浪费，低调地把婚事办好就行了。雷翠翠小鸟依人地表态说：

"好吧，我听你的。"

可是，就在两人即将步入婚姻的殿堂时，有件事引起了雷翠翠的注意。一对青年夫妇找她的父亲治疗牛皮癣，男人的症状严重一些，全身各种癣状面积约有50%，女人的症状稍轻一些，主要集中在大腿的前面和腹部，全身的癣状面积至少也有10%。据男的说，他的症状已经有5年多了，而他老婆应该是因为两人结婚后经常亲密接触被传染的。雷翠翠的母亲把这个事告诉她以后，引起了她的高度重视，为了防患于未然，她决定在结婚前两个人去医院做个全身检查。

这一检查还真检查出了问题。王立仁的确有癣，但不是牛皮癣，且情况并不严重，只要配合治疗便可痊愈，雷翠翠却不能忍受，于是两人便因为这个吵架，最终竟然分手了……分手以后，雷翠翠觉得在原单位工作多有不便，为了避免被人指指点点，就去了邻县的汽拖配件厂，并进入了新的工作状态，也开始了新的生活。

尽管和王立仁分手了，可她对王立仁的为人还是有良好印象的，只是有缘无分，所以只能再寻觅其他对象了。她认为，既然到邻县工作了，就在那里成家立业，如果嫁远了，见父母的机会就少了，孝敬老人的时间也更少，嫁得再好也没有意义。于是，她就按照这个基本想法，有机会就让可以信任的同事们给她物色对象。几个月以后，她在大家先后提供的预选名单中，选择了胡可凡！

雷翠翠本以为可以和胡可凡白头偕老，但世事难料，胡可凡突然离世，这给她带来了不小的打击。不过，当生命中再次出现王立仁时，她的内心又掀起了波澜。对于王立仁，她的印象一直不错——老实忠厚，且他们之前谈恋爱的时候，对她也一直很好。所以对于当年的分手，雷翠翠还是感觉有些对不起王立仁，所以见面之前她还有些犹豫。而最终打消她顾虑的还是王立仁，王立仁托齐丹丹给她带话："之前的事情就都过去了，我们的缘分应该还没有尽，希望我们可以珍惜彼此。"

　　于是，雷翠翠告诉齐丹丹，她决定去拜访王立仁，让他安排时间、地点！

王立仁决定好时间和地点后，雷翠翠便乘坐客运班车来到了她曾经熟悉的这个县城。当她快走到王立仁家的小区门口时，就看见了王立仁，而他已经在这里迎候多时了。

　　为了不引起小区行人的关注，俩人见面的第一个动作仅仅是双手紧握，同时深情地对望了一会儿，而后一同去了王立仁家。

　　一走进房间，刚关好房门，俩人就相拥在一起……

　　也许是想起了历历在目的往事，也许是感慨柳暗花明的重逢，也许是感激王立仁的深情拥抱……依偎在王立仁肩头的雷翠翠，啜泣了起来……

　　她的啜泣，也让王立仁难受起来……

终于，俩人松手放开对方，在沙发上坐了下来。

雷翠翠从客厅的清雅装修和中高档家具的室内设施配置上知道，王立仁这些年应该过得很好，昔日的一贫如洗，早已成为遥远的历史了！

她称赞道："你的这个小家庭，还是挺不错的。"

王立仁说："不错是不错，可现在的这个情况，就是缺你这么个漂亮媳妇了。"

听了王立仁的称赞，雷翠翠害羞道："都40多岁的人了，还能漂亮到哪里去呢？"

王立仁正色道："原本漂亮的人，一生都是漂亮的，每个年龄段都有每个年龄的漂亮，你40多岁了，就有40多岁的魅力和优势，所以在我的心里，你永远都是像新媳妇一样漂亮着呢。"

雷翠翠打趣道："你是专门研究这个的？"

王立仁笑道："这个简单道理，就不用研究，也谈不上研究，看到你，我只是有感而发。"

雷翠翠转移话题道："你身上的那些癣，后来是怎么治愈的？多长时间治愈的？"

王立仁回答道："我记得只用了不到4个月，就彻底治愈了。据医生说，我可能是因为以前长期缺乏营养或曾住过潮湿的地方造成的，而且发现得早，治疗得早，所以就痊愈得快。"

雷翠翠感慨地点了点头，问道："你认为咱们还能重新结婚吗？"

王立仁说："能，只要我们彼此喜欢就可以。"

雷翠翠故作担心地说："咱们都是40多岁的

人了，而且都有一个正在上大一的孩子，你认为，这种组合家庭的关系，好处吗？"

王立仁胸怀坦荡地说："好处，只要咱们两个人一心一意地相爱在一起，我想这两个孩子就会互相信任地成为姐弟俩。"

话说到这个分上了，雷翠翠就乐观地问："说实话，你对我当时提出分手，是不是一直心存芥蒂？"

王立仁立即回答："没有。不但没有，我还要感谢你呢，要不是你，我的病不会及时发现、及时治疗！"

雷翠翠继续问道："你这话当真？"

王立仁当即表态："如果你赞成，那咱们现在就重新走到一起吧！"

而后雷翠翠与王立仁紧紧地相拥在了一起。

于是，在子女们的支持下，他们顺利地领了结婚证……

就这样，两人幸福地度过了 4 年时光，期间也有过磕绊，但两人对彼此的心从没有变过，一直都恩爱有加，因为他们都很珍惜这份来之不易的感情。可上天偏偏喜欢和他们开玩笑，一次汽车爆炸事件再次让王立仁遭遇丧妻之痛。

爆炸的是一辆从平城县开往耀州城的长途客运汽车。雷翠翠因为要去原单位汽拖配件厂参加一位同事女儿的婚礼，就乘坐了这辆路过汽拖配件厂家属区的长途客车。王立仁用自行车把老婆送往长途汽车站，又把老婆送上了开往耀州城路过汽拖配件厂的长途汽车。

3 个多小时以后，在平城县城区，突然传开了一个重大新闻：从平城县汽车站上午 9 点整发往耀州城的长途客运汽车，在距离平城县城 20 公里皇庄镇以西的 1 公里处，发生了易燃易爆物品引发的长途客车大火，车上的 30 多名乘客，全部被烧死了，无一幸免……

工作中的王立仁的信息并不怎么灵通，一直到下午 2 点多了，他才知道了这个事故。

无情的灾难已经发生，亲人们号啕大哭，表达对逝者的沉痛哀悼……

突然降临的黑暗，一瞬间就结束了 30 多个鲜活的生命！

在县城医院，初步的调查工作刚刚开始。

幸存的客车司机，被严重烧伤，在医院向警

察详细介绍着事故经过：车过皇庄镇的时候，已经超员1人，又挤上来了两三名短途乘客，其中有一名50多岁的男乘客，一只手夹着一支烟，一只手拎着一个脏兮兮的编织袋，也不知道他装了半袋子什么东西。因为皇庄镇是当地有名的花炮之乡，售票员就问这名乘客，你这袋子里装的是不是炸药，他说是的。为了行车安全，售票员让这名乘客下车，但他坚持不下，说是他只有六七公里的路程，他会把自己的行李拿好。售票员征求司机的意见，司机没有吱声，就算是默许了。司机想，只有六七公里的路程，可能不会有啥事，就让售票员售了票。车子启动以后，司机又后悔了，车上有了这么个危险的乘客，他就不能放开跑车了，必须小心翼翼地驾驶了，尽量避开公路上坑坑洼洼的地方，才能让炸药减少振动，这样车的时速就必须降到 15 公里左右，于是，司机又决定让售票员退票，让这名乘客下车，可是，他还没来得及开口，也不知道是什么原因引爆了炸药，轰的一声，车内大火弥漫，哭叫声此起彼伏……

连续失去两个妻子后，对王立仁的打击可想而知，他开始抱怨上天的不公，为何用这么惨烈的方式夺走自己的妻子……

悲痛欲绝的王立仁，自此颓丧了很长时间。

他想不明白，自己从上小学一年级开始，就立志做一个有益于人民、有益于社会的人，尽管家境贫寒，但他一直努力奋斗；尽管学历偏低，

但仍在各种自学中不断提高自己，并且与人为善，

从没有做过任何亏心事，一直勤勤恳恳地生活，

可为什么会遭遇如此不公。

第四章

命途多舛

接连送走两位妻子后，王立仁对于失去更加害怕起来，所以尽管有人劝他再婚，他也没有任何想法了。可忽兰英没有放弃，一直想给王立仁再介绍一个。

几年后，待王立仁从悲伤中走出来后，忽兰英便把自己早已看好的马兰兰介绍给了王立仁，而马兰兰对王立仁的条件也很是满意。由于是领导夫人介绍的，王立仁便没好意思拒绝。

按约定的时间、地点见面后，王立仁开门见山道："我的各方面情况，你都听说了吧？"

"听说了。"

"你不嫌我是个两次中年丧妻的人吗？"

"不嫌。"

"那就说说你的情况吧。"

"我结过两次婚，第一次婚姻是丧偶，第二次婚姻是离婚。"

"有子女吗？子女都多大了？子女是咋安排的？"他一连问了3个问题。

"有，两个儿子，老大是第一个老公的，他病故之后，公婆不让我带走五六岁的儿子，说是让他们抚养，现在都 20 岁了，都参军两年多了。老二是第二个老公的，今年 18 岁了，正上大一，监护权完全归他了，我也不用管。"她一连回答了 3 个问题。

王立仁听完这些基本情况，心想马兰兰作为一个母亲，不想念自己的两个儿子吗？不承担任何义务与责任吗？故而直言道："你平时不想念儿子吗？"

"想念是想念，可是，各方面都不用我操心。"马兰兰认真地表态说。

既然这样，王立仁换了个话题："你认为和我重组家庭，对你有什么好处？有什么发展前景？有什么重要意义吗？"

"你把我问住了。"马兰兰笑了，"我选择你，是因为听说你的体质好，且人实在，脾气好，和你建立家庭，有利于家庭稳定，有利于白头偕老，有利于幸福人生，凡是女人，都想嫁个好男人，好男人的标准多了，但我更在乎的是他的脾气秉性。"

"你说得有道理，两个人在一起，脾气性格要合适，否则很难生活一辈子。"

听了这话，马兰兰鼓足勇气问："那你到底看上我了没有，咱们都是过来人了，也没有啥不好意思说的。"

"我觉得我们先接触接触吧，不能太草率了。"王立仁谨慎道。

"我同意。"马兰兰附和道。

经过一段时间的相处，王立仁发现马兰兰

人的确很不错，勤劳能干、温柔体贴，渐渐对其有了好感，尽管还是有些害怕灾难重演，但他最终还是鼓足勇气决定与马兰兰步入婚姻的殿堂。就这样，两人顺利地走到了一起，准备筹办婚礼。

那天，马兰兰问："你准备叫几桌人吃结婚酒席呢？"

王立仁回答说："从当前实际出发，规模越小越好。我这边只叫汪雨灏、忽兰英两口子和老万两口子，你那边叫谁、叫多少人，名单你自己决定。"

酒席顺利举办完后，两人从此过上了幸福的夫妻生活。可幸福日子只过了两年，灾难再次降临。

这天上午9点多一点，马兰兰骑着新买的简易款电动车，去市区商城准备给家里买些日用消费品，再给王立仁买一件新款衬衫。在宽坦繁华的大街上，骑车上街的人并不算多。马兰兰骑着小巧玲珑的简易电动车，靠右侧低速行驶着。在一个右拐弯的十字街口，一辆同方向右拐的两轮摩托车，从左侧全速超车时，由于车速偏快，一下子将马兰兰连人带车给挂倒了……

　　可怜马兰兰还没有看清楚是谁这么凶猛地冲撞了她，就一头撞在临街工地的围挡砖墙上，失去了知觉……

　　接到消息后的王立仁，尽管悲从中来，却再

也哭不出来……

办理完马兰兰的丧葬事宜后，王立仁从此一蹶不振……

第五章
老万牵线搭桥

　　为了不耽误工作，王立仁办理了提前退休。万广胤见状，很是心疼王立仁，便总想带他走出困境。而在万广胤看来，最好的办法便是再重新给他找一个老伴。听闻他这个想法，大家都劝他不要这样，一是王立仁前后有三位妻子都遭遇不幸，谁还敢和他在一起；二是不要再去揭王立仁的伤疤了，而他再也经历不起离别的痛苦了。

可万广胤并不听劝，在没有征得王立仁同意前便给他张罗开了相亲事宜。他首先给王立仁找了几个合适的相亲对象，可人家在得知对象是王立仁时，便都拒绝了，毕竟王立仁前后三位妻子都死于非命，不得不让人心存芥蒂。可万广胤并没有放弃，直到遇到了刘叶叶。

刘叶叶是唯一不嫌弃王立仁的，在她看来，这种灾难谁都意想不到，她也不相信所谓的"克妻"之说，都50多岁的人了，只要开心、快乐地度过每一天就可以，所以她不会拒绝寻找幸福。就这样，万广胤和刘叶叶谈好后，便去做王立仁的思想工作了。

"老王，人生在世，都会经历一些苦难的，

虽然你经历的苦难比别人多一些，但你也是获得过幸福的人，你的妻子们的离开并不是你的错，你不应该活在痛苦之中。"

"老万，你说的我都明白，可是我想不明白上天为什么要这样对我。"

"现在我们都这个岁数了，要学会放过自己，想不明白就不要想。你呀，就应该再找个老伴，我就不信这个邪了。"

"哪还有人敢和我在一起呀，即使我不害怕，人家也怕呀！"

"这你就错了，我这还真有一个合适的人选，人家还真不怕，而且人家对你还挺满意的，你要不要见见？"

"还是算了吧，我不想再找老伴了，自己过

也挺好的。"

"我说老王呀，你不能这样，你这样，你儿子会很担心的。你如果找个老伴，两个人相互扶持，儿子也能放心地过他的生活。"

说到儿子，王立仁有些松动了。这两年儿子也娶妻生子了，可总是放心不下自己，想要让自己和他们一起生活，可他并不想打扰他们，一直坚持不去。儿子只能给他找保姆，希望能够照顾父亲，可每找一个，没干两天就让他以各种理由辞退了，万般无奈的儿子只好每天抽空去看望一下父亲，避免出什么意外。

"你等我再考虑考虑吧。"王立仁说道。

万广胤见状，继续劝说道："不论是男人，还是女人，一旦因为意外变故被迫变成孤男寡女，就进入了弱势群体的行列，只有重新找个相配的另一半，才能形成新的强强组合，才能继续新的幸福生活，才能应对新的各种困难，才能拓展新的美好前景。不论是青年时期的帅男靓女，还是中老年时期因离异或丧偶而成为孤男寡女，都需要放下之前的不幸与变故，树立起新的择偶信念，用乐观的思路设计未来，创建起一个幸福家庭。"

"那你看什么时候安排我们见次面吧。"对万广胤的劝说，王立仁算是听进去了，所以决不再婚的想法松动了一些。

"好的，老王，你等我消息吧。"万广胤心满意足地离开了。

不知道老万具体是怎么向刘叶叶传达这个信息的，当天下午的5点多，刘叶叶便随万广胤来到了王立仁家中，拉开了这次"黄昏恋"的徐徐大幕！

"你应该知道我之前的经历吧。"王立仁开门见山地说。

"当然知道，不过你放心，我肯定不嫌弃，要不然今天我也不会来你家。我听周围的人说你是个老实人，知道疼老婆，而这两点是我最看重的。"

"说实话，之前的三次丧妻经历让我不敢再步入婚姻的殿堂，我时常想，她们会不会都是因为我才会有如此结果，是不是我这个人'克妻'？"

"你不要这么封建迷信，她们离开我们谁都无法阻止，而这也不是你的错，你要乐观起来，不能陷入这种情绪中，只有这样你才能有新的生活，新的开始。"

"谢谢你的开导。"

"我是个爽快人，我就直说了，我觉得你不错，你觉得我怎么样呀？"

对于如此似曾相识的画面与话语，王立仁一时间有些恍惚，还是万广胤提醒他，他才缓过神来，他说："既然你这么爽快，我也就直说了，说实话，我上一任妻子和我见面时也是这么说的，我当时给她的回复是多接触接触，然后再做决定，所以现在我还是给你这样的回复，你觉得如何呀？"

"可以，没问题，你也挺坦率的，这点我也很满意。"

就这样，两人以再婚为目的交往了起来，由

于两个人都很体贴，且相处融洽，最终在双方儿女的支持下喜结连理。

"领了结婚证以后，咱们就度个蜜月，放开多玩一玩吧。"刘叶叶建议道。

"好的，听你的。领了结婚证以后，咱俩就像一双筷子，谁也离不开谁了，以后共同的责任和义务，那就更不用说了。"

"希望我们幸福地度过余生。"

俩人都没有想到，老万安排的这次见面，让他们的再婚梦想，居然一举成功，而且这个一举成功，照亮了晚年生活的幸福美满与白头偕老的前景！在人生的最后一段路上，不论能走多远，必然会幸福平安，必然会走得坦然，必然会走得自豪！

感慨晚年

这人生，挥不去的是一生的记忆，留不住的是如水的年华，拎不起的是际遇的失落，放不下的是失去的情感，输不起的是老年的尊严。幸福的人生是不尽相同的，而遭遇过坎坷的人们，亦都有着不同的悲伤。

相较于王立仁的悲惨遭遇，万广胤的人生也

是一个不错的写作题材，比起王立仁跌宕起伏的经历，比起许许多多只是有过不幸婚变经历和其他变故经历的人们，老万的人生经历，也是一个可以发挥的写作素材。

万广胤出生于 1949 年，小时候家里贫困，早早便辍学在家务农了。因为一直比较喜欢文学，所以总会抽空看些书，种类多种多样，除了向学校老师借阅外，他还想方设法通过各种途径去借书，即使是距村有 16 公里的县城图书馆，他也经常光顾。总之，凡是见到印刷品，他都会阅读一番。就这样，万广胤通过阅读，不但认识的字越来越多，对文学作品也有了一定的见解，且激发了创作欲望。

尽管如此，村里人却大多对他颇为不满。他

们认为万广胤熬夜看书的行为是浪费煤油、不会过日子的表现，故而尽管其到了结婚年龄，却很少有人上门说亲。万广胤却不以为意，在他看来，人是要靠知识和智慧生存的！凡是走上自学道路的人，为了看到高处和远处的风景，几乎一辈子都是在不懈努力，只有那些懒人，生活才如死水一般。每一个坚持自学的人们，都是在摸着石头过河，少摸一个石头都不行，每一个步履，都迈得很不容易！所以他仍然自顾自地看书，灵感袭来时还会创作一番。久而久之，也攒了不少文学作品。为了自己的作品能够让大家看到且得到一些中肯的评价，万广胤决定给报刊投稿。令他惊喜的是，他的稿件得到了编辑的肯定与表扬，稍加修改后便被刊登了出来。

如此，万广胤的创作欲更大了，越来越多的作品被刊登出来，而他也因此被越来越多的人知道与认可。虽然小有名气，但万广胤并没有因此而骄傲，反而不断充实自己，农闲之时不仅要学习写作，还要练习钢笔书法和毛笔书法，因为钢笔书法有利于抄写文字稿件，毛笔书法有利于服务民间的红白喜事。

机会不会辜负努力的人，1970 年 2 月，一个新建的毛纺织企业招工，万广胤因为出色的文字功底被成功录取。因为工作的缘故，万广胤也成功找到了妻子，可谓两全其美。

第七章
自学之路

　　老万在完成本职工作之后，就把车间内的黑板报当作第二课堂了，而且勤换勤写，这样做的原因，一是为了坚持练字，二是让自己时常保持创作思维。同时，他每天都会抽空看一些报纸，主要是为了感受一些文章标题与文笔风格的关系。渐渐地，他发现报纸会时常发表一些国有企业提前完成生产计划的动态消息，他灵机一动，就想联系自己所在企业的实际，想根据企业提前十几天实现首季"开门红""双过半"的实际情况，也写写同类题材的新闻稿件。

当第一篇简讯类消息在省刊上发表后，大家再次对万广胤刮目相看。

一个月以后，万广胤的一位文友要去省会某日报社送稿，想要万广胤陪他一起去，长长见识。万广胤见有如此好事便马上答应了。

去了报社后，万广胤结识了省报经济部的高级记者尚主任，经了解，尚主任也是平城人，而万广胤的那篇稿子就是他编发的，他说编发这样的经济类消息，是报纸板块临时安排的需要，并不在于来稿的新闻价值的大小、企业的规模大小，只是因其来稿及时了。他说："后来的稿子所写的企业，即使成绩显著，也不能再编发了，每年只是在时间节点上，集中安排这么十几篇或几十篇简讯就行了，不可能经常编发这样的消息，所以关于平城毛纺厂每年完成生产计划的稿子，往后你永远都不要写了。作为投稿的通讯员，要想成为一个合格的业余新闻工作者，就要坚持不懈地培养写稿兴趣，要做到在选题上常有新思路，要有从大处着眼感知新闻和发现新闻的新闻敏感，要学会写各种小消息、中消息和大消息，还可以写通讯、诗歌、小说，就不是再去单纯地写平城毛纺厂了。"

感到大开眼界的万广胤问："什么叫作新闻敏感？"

尚主任耐心地解释说："通俗地说，就是要学会面向社会东张西望地去发现新闻，要有善于发现新闻和判断新闻的新闻意识，然后用新闻的语言写出新闻报道的不同稿件，而不是简单地在企业里等新闻！"

万广胤没有想到，陪文友来一趟省会，居然不虚此行。这个面对面的指导，非常难得，让万广胤耳目一新、茅塞顿开，仿佛有了胜读十年书的感觉。

因为尚主任的点拨，万广胤的写作之路进入了新阶段。为了打开写作思路，他想到什么就写什么，发现什么就写什么，会写什么就写什么，投稿的渠道也多种多样了。1976年春，他阅读了一本书名为《剑》的长篇小说，看完之后，他觉得故事惊险感人，而故事内容和故事结构就像电影画面一样精彩绝伦，于是，他决定将这个战争题材的长篇小说，改编为中朝人民并肩作战的电影文学剧本，剧名暂定为《友谊曲》。经过两个多月的精心改编，又经过精细校正，一个近4万字的电影文学剧本终于完成了。对于创作成功这个电影文学剧本，特别是标题下面署名的"编剧万广胤"这5个字，他凝视良久，倍感骄傲。可是，正当他准备将剧稿寄出的前夕，他遇到了一个非常意外的"拦路虎"——他的岳母，得知他创作电影剧本的消息之后，大吃一惊，而在她看来，如果万广胤投稿成功了，以后变成了大编剧，那将来肯定会嫌弃自己的女儿，甚至很可能会抛弃女儿，于是她指示她的女儿立即将剧本销毁！

更让人气愤的是，万广胤的妻子还真就照着做了，她趁万广胤不在家的时候，将 100 多页厚的手抄稿全部撕碎，使其变成了火柴盒一般大小的碎片，在房间里铺满一地……

万广胤下班回家发现铺了一地的纸屑，一时不知道怎么回事。当他很快弄清楚了这些纸屑的来源以后，大吃一惊！

两个多月的创作和工整誊写的心血，竟然白费了！

最令人扼腕的是，他在完成剧稿工整抄清工作之后，把初稿视为废纸，全部销毁了，即使想重新抄写一份，也没有底稿了！

彼时的万广胤只有一个想法——绝不能让改

编的心血白费！必须重新改编！立即重新改编！

于是，他顾不得耗时费力地去追究原因，只是简单地数落了妻子一下，然后开启了重新写作之旅。因为对原稿剧情的结构方式记忆犹新，两个多月以后，一本新的《友谊曲》手写稿，又重新完成了，而他不再敢耽搁，立马寄给了电影制片厂。

两个月以后，制片厂的文学编辑老辛，远道而来谈剧本，在万广胤的简陋居室里，他问："你这改编之前联系过小说作者吗？征求过他的同意吗？"

万广胤一脸懵地说："没有呀，我没想过要联系，更不知道联系方式。"

"那你这个要是想拍成电影，必须征得作者同意，否则我们无法使用。和你说实话，我们制片厂已经收到 8 个改编《剑》的剧本了。而你这个的确很突出，所以我才来这趟的。"

"原来如此，那你们知道作者的联系方式吗？"

"这个得需要你自己联系。另外，《剑》的小说作者，之前写的就是电影剧本，因为一些原因最终没有拍成电影，所以作者这才把惊险连环的电影剧本改写为长篇小说。所以我觉得你这个未必会获得作者同意。"

"那既然这样，我觉得应该是没戏了，不过通过这次创作我受益颇多，所以也不遗憾。"

面对万广胤积极乐观的态度，老辛又说道："你以后如果写电影文学剧本，要以命中率相对偏高的原创剧本为主，如果改编别人的小说作品，就是被动选择，容易和别人同题撞车，被使用的可能性不大。"

听了老辛的肺腑之言，老万深表谢意，说自己又长了不少见识。尽管这个电影文学剧本没有被采用，让他"白忙活了一场"，却让他信心大增，也找到了之后创作的方向，所以很是开心。

1979 年 3 月，万广胤的第一个短篇小说《见面》，在《渭南文化》的第 1 期发表。6000 多字的短篇小说，虽然没有收到分文稿费，可标题下面的醒目署名——万广胤，让老万第一次感受到了新的启发，这就是令人神往、令人鼓舞的小说写作！

紧接着，万广胤发表的小说如雨后春笋般绵绵不绝，在当地的名气也越来越大。一次，与毛纺厂相邻的一家服装厂财务室发生了被盗案件，企业为 500 多名工人准备的 16 万多元的工资款，在当天晚上全部被盗。案件发生之后，县公安局迅速成立专案组，可是，一连 20 多天过去了，案子一直未能侦破。老万听说以后，去服装厂找熟人进行了侧面了解，得知基本情况以后，他提出了几个疑问，并对此虚构了一个悬疑小说，题为《系列盗窃案之谜》，且用笔名刊发了出去。

几天后，服装厂的保安乡队长经过打听专门找到万广胤的家中，说了几句客套话之后，话题就扯到了小说上。乡队长明知故问道："老万，你认识不认识这位作者，我想找他问个事情。"万广胤说："这个署名'亮亮'的作者就是我，有啥事你就问吧。"乡队长佯装很有兴趣地说道：

"我对你写的作案细节很感兴趣，你是怎么写得如此详细的？"万广胤如实地说："我写的这个作案细节，就是用形象思维纯属虚构出来的，不过是以服装厂那个案子为原型，之前我向知情人打听过。"

听到这，乡队长就直入正题地问："听说你去服装厂了解过案情？"

万广胤说："是呀，那就是为了掌握素材。"

"我看你写的这个，虽然没有说谁是凶手，但明显指向保安队长呀，你这是什么意思？"

"乡队长，你误会了，这只是为了编个惊险故事，提高文章的可读性罢了。"

"用什么来证明你的这个说法呢？让我也长长见识。"

已经达到了预期效果的万广胤，忍俊不禁。他从作品剪辑册里很快翻出原文，指给乡队长说："用事实来证明啊。你看，在这篇2000多字的文章里，一没有咱们这里的县名，二没有你们服装厂的厂名，三没有你乡队长的姓名，四被盗的现金只有12万多元，和你们厂的被盗案，根本就不是一个事情。你要是想对号入座的话，传出去就成大笑话了。"

乡队长一看言多必失，急忙掩饰说："我只是随便问问，和你谝闲传①。"

乡队长走后，万广胤立即去了公安局，约见

---

① 谝闲传，山西、陕西关中等地方言，意为说闲话、闲聊，强调没有主题、无关紧要、漫天胡侃等。

了县公安局局长。

县公安局局长对万广胤提供的线索很是重视。其实，他们已经怀疑这个乡队长了，只是目前证据还不充分，而他今天这个"此地无银三百两，银子王二没有偷"的行为，显然是彻底暴露了自己，但碍于案件不能随意向无关人员透露的原则，公安局局长对万广胤说道："谢谢你的热心，你反映的情况我们会重视的，在案件没有侦破前，希望你不要再和其他人说这个事情！"

"我明白的，局长，你放心吧。"

几天后，这件重大盗窃案件终于告破，而嫌疑人正是万广胤推测的乡队长。所有人都大惑不解又大跌眼镜：保安队长竟然监守自盗！一时间，几乎所有人都在讨论此事，同时也引发了大家对万广胤写的《系列盗窃案之谜》的关注，期待他能出新作……事情随着时间的流逝渐渐平息。

　　根据老辛说的关于"勿改编、重原创"的指点意见，万广胤将一个参与省司法厅法制题材征稿且荣获一等奖的电影文学剧本，再次精心修改之后，投寄给某电影制片厂，想试一下原创作品是不是会有"命中"的机会。3个多月以后，万广胤去这个城市出差，专门去了一趟这家电影制片厂，想问一下这个剧本到底能不能用。门卫告诉他，想查询剧本的事，就去2号楼的文学部。老万在2号楼找了一圈也没有找到一个可以给他解答的人，一脸失望的万广胤无奈地走出了2号楼，快到门口时他碰到一位中年女士，中年女士见他一脸愁容，主动上前询问他发生了什么事情。

万广胤说明事情的前因后果后，中年女士坦诚道："关于剧本的事，你就不用再跑再问了，厂里一年到头，收到来自全国各地的电影文学剧本上百个，如果有结果会主动联系你，不过一般三四个月都没有回复的话你就不用再等了。"

"噢，原来是这样！"万广胤死心地离开了这家电影制片厂。

经历过两次投稿无门后，万广胤不再执着于剧本创作，与此同时，他又发现了一个新的创作方向——歌词。

万广胤平时喜欢看《新闻联播》。在这个新闻节目中，他经常看到，中国在外交政策的思路上，坚持着力建设人类命运共同体，并对发展中的弱小国家，给予务实合作方面的支持，提出了"建立战略伙伴关系、建设人类命运共同体"的不少发展新点子，万广胤的灵感一来，就想写一支歌颂人类命运共同体的歌曲，唱响全世界！

经过一个多月的精雕细琢，一篇题为《国泰民安万事兴》的 6 段 24 句歌词，成功问世：

中国人民爱和平，

国泰民安万事兴；

谋福祉，中国梦，

社会和谐乐融融。

世界人民爱和平，

国泰民安万事兴；

谋发展，常交流，

共同理想和平梦。

国兴我荣添幸福，

万众一心共圆梦；

务实合作心相通，

共建繁荣有保证。

世界人民爱和平，

国泰民安万事兴；

好朋友，金不换，

互相支持向未来。

人类命运共同体，

建设美好新前程；

为人民，谋幸福，

合作共赢享太平。

战略伙伴手牵手，

建设和谐大家庭；

一心一意谋和平，

国泰民安万事兴。

歌写出来了，可是，找谁来谱曲呢？这种需要两个人以上的合作，才能视为完成的作品，给万广胤带来了困扰。

当然，为了心想事成，这事是难不住万广

胤的。

万广胤认识一位省级音乐协会的会员，姓冯，70多岁，在当地算是知名人士了。万广胤找到他后，他坦诚地对万广胤说："谱曲是要收费的，一般是500元起步，1000元左右不等，但咱们都是平城县人，也算是老熟人了，就免费了。"老万一听免费，赶紧道谢，并一定要请冯老吃饭，盛情难却，冯老也就答应了。曲谱出来之后，万广胤听了音频处理的效果，感觉不错，但他毕竟不是专业的，所以不能评判，于是他找到了3位音乐教师，希望其能先试唱一下，3位老师试唱之后，都不约而同地说这个曲谱得好，如果组织演唱，不论是独唱还是合唱，效果肯定好。可是，新的问题再次出现了——谁来唱呢？苦思冥想后，万广胤决定去一趟市电视台。乘车赶到电视台后，万广胤找到了一位文艺部的女编辑，其热情地接待了他，并向他介绍了本市的业余歌手李春芳。

李春芳是个纺织系统的企业退休工人，60多岁。别看她是个退休工人，因为勤奋好学，自学成才，已经写了上百首的词曲作品了，在全国音乐界也是个知名人物，先后在全国性的多次竞赛活动中，荣获了金、银、铜等各种奖项，算是一个专家级的人物了。她仔细看完了万广胤拿来的词曲歌单，评价说："词是好词，满满的正能量，但是这个曲，与这个歌词相比，略逊一筹。"万广胤问："曲能修改吗？"她说这个曲她没办法修改，只能重写。

感慨晚年

万广胤心想，既然让专家点评了，那就让专家重写吧。只要能将这首歌唱出去，谁谱曲都行。于是，他当下告诉李春芳："那你就重写吧！"

李春芳高兴地说："有了你这句话，那我就重新谱曲了！"

万广胤问起怎么收费的事，李春芳说只收600元。回到平城之后，万广胤立即将600元转到李春芳的银行卡上。

6天以后，万广胤的邮箱里，收到了李春芳发来的《国泰民安万事兴》的合成曲初稿。老万点开一听，果然比之前的厉害多了！

十几天以后，这个《国泰民安万事兴》的女高音独唱、男女高音合唱制作的音频发到了万广胤的邮箱，随后便上传到网络上了，曲作者为了这首歌的成功唱响，也是竭尽了全力。

尽管这种歌没有如万广胤所想的那般火遍大江南北，但了却了他的一桩心愿，而他也可因此冠上作词人的名头，所以他还是很开心。

第八章
进入老境

花开花谢，潮起潮落，不经意间，万广胤已经走向了人生的暮年！

20 世纪 60 年代的时候，万广胤总认为 2000 年是个很遥远的事，可一转眼，2000 年已经过去 20 年了，而他已变成了老万，他总是和别人说，不要说来日方长，稍一疏忽，似箭的光阴，就消失无影了，所以要珍惜当下，享受当下。

　　老万之所以有这样的人生感悟，与他的亲身经历是分不开的。相对于王立仁的 4 次婚姻，老万少了一些，一共 3 次，而且前两任都是离婚的，并不是丧妻，所以没有那么坎坷与凄惨，离婚原因都是夫妻双方三观不合，分开时也都算各自安好。两任妻子各给他留下一个儿子，当老万做好与两个儿子共度一生的准备时，亓小凤进入了他的生活。

　　一天下午，老万打开手机看微信，突然看到屏幕下方通讯录的位置上，有一个提示红点，他点开一看，是有人要求添加他为朋友，他点了添加和发送，一个陌生的网名就进入了视线，紧接着对方就打来了视频通话。

"哟，亓小凤，是你呀！"老万惊讶地说。

亓小凤风趣幽默地说："是呀，你没有想到吧，想和你网聊一下，不欢迎吗？"

老万高兴地说："欢迎，非常欢迎！你是怎么知道我的微信号的？"

亓小凤满面春风地说："咱们去年聚会的时候，名单上就有啊，咱俩还见过面握过手呢，你忘啦？"

"没有忘，你一提念我就想起来了。"

"你对我还有印象吗？"

"有啊，虽然多年不见了，论良好印象，还是以前那个永不磨灭的印象！"

"你知道吗，你是我曾经的梦中情人！"

"怎么可能，你就别说笑了！"老万言辞谨

慎地说，"你 20 岁左右的时候，漂亮得像个电视台的播音员，我每次看见你，只有欣赏的份儿。"

亓小凤笑了，直言不讳地说："不怕你笑话，当年我在报纸上看过你发表的一篇短新闻，自那以后便关注你了，久而久之，便心悦于你了，后来父母给我介绍了对象，我不同意，便把这个想法告诉他们，但他们通过打听，得知你家庭条件不太好，学历也很低，就强迫我与当时的相亲对象见了面结了婚。"

老万不好意思道："想不到我还被你这样的大美女暗中惦记过。我想，我这个普通人能成为你的梦中情人，已经是我的桃花运了！"

亓小凤感叹地说："可是，命途多舛，我的人生一直不顺，我现在已经是单身 15 年的寡妇了。"

老万吃惊地问："你老公怎么了？"

"他去世了，而且去世的不是一个老公，是两个老公！"说起这事，亓小凤情不自禁地哽咽起来。

老万安慰地说："时运的一粒灰，落到个人头上，就是一座山，更何况是两粒灰落到了你的头上呢。你已经从这两座山下坚强地走出来了，就说明你是个内心强大的女人！"

啜泣了两三分钟的亓小凤终于平心静气地说："我的命运，和咱们厂的王立仁有点相似，他是先后送走了 4 个妻子，我是先后送走了 2 个丈夫。这两个好男人和我组建家庭以后，一人给我留下了一个孩子，他们走了，我独自把孩子抚养成人。好在这两个孩子顺利长大成人，如今也算事业有成。"

老万继续安慰道："对你的遭遇我很是同情，不过人生在世，总要经历些苦难的，重要的是我们不能放弃，要保持对生活的热爱，勇敢、快乐地活下去。而且你真的很棒，独自把两个孩子拉扯大，真是辛苦了！"

亓小凤感叹地说："是呀，不论什么不幸，遇到谁身上了谁就得承受，谁就要担当，这是没有办法让别人分忧的事。你后来和现在的情况我都听说了，你发展的结果，比我好多了。"

老万知足地说："好吗？马马虎虎，每个人都要知足，只要知足了，就幸福了。"

亓小凤转换话题："这世上有看不完的各种

风景，现在孩子们都长大了，我也该为自己考虑了，我现在身体健康状态还好，所以想找个身体健康的老伴度过余生，你认为可以吗？"

"当然可以，这是好事呀。"老万赞赏地说。

亓小凤拜托道："既然可以，那你就给我操个心吧，帮我挑选一些合适的人选，好吗？"

老万满口答应："好的！我肯定会操心的，一旦物色到合适的人选，我立即跟你联系。"

这个看似很愉快的聊天通话，实际两个人都各怀心思。挂断电话后的老万，其实听懂了亓小凤的画外音，只是彼时的他还没有做好重新走入婚姻生活的准备，所以也不敢允诺什么。

而亓小凤面对万广胤的委婉拒绝也是万般无奈与伤心，她没想到，她都把话说到这个份上了，万广胤竟然还是没有接她的茬。但她并不想放弃，她不想让自己留有遗憾。

万广胤思来想去还是觉得应该和亓小凤说清楚，不能这样耽误了人家。可他并不知道该和亓小凤如何开这个口，于是向王立仁请教。

"我说老万呀，你说你怎么这会儿糊涂起来了，你不是经常和别人说你要珍惜当下，享受当下吗！你说你怕什么？要是喜欢你就放手去抓住自己的幸福，为什么要拒绝呢？"

"可是两次失败的婚姻经历让我对婚姻失去了信心，所以我……"

"你说我都经历了这么多，可最后不还是找到了幸福吗？当初不还是你劝我再婚的吗，怎么到了自己这，反而怕了？"

经过王立仁的劝说，万广胤终于下定决心，勇敢地往前走了一步。经过相处，两人发现了彼此身上的闪光点，最终成功地步入婚姻的殿堂。

第九章

文化润老

听闻王立仁在着手操办第二次聚会的事情，万广胤找到王立仁，想一同出出力。

两人商量具体事宜时，不知怎么转到了"人为什么都不肯死"的话题上。王立仁说他曾看过贾平凹写的一篇同题妙文，很是赞同其所表达的观点。今年70多岁的他，有一个贤惠的妻子，两人都有退休金，不愁吃喝，身体健康，已然没有什么烦恼，所以当然想要活得久些。

王立仁告诉老万，他和刘叶叶结为老伴以来，已经进入第 18 个年头了。夫妻俩一直恩恩爱爱、互相照顾、信任持家，也没有为双方子女的事争论过。这样的好日子，过起来感觉光阴就是有点快了，十七八年宛如十几个月一样，一晃就过去了。前两天，有友人在微信上给他转发了一个配音视频——《短》，他反复看了几遍之后，又抄写到纸上，如今老万来了，他便立即拿给老万看。

老万一行一行地默读下去：

一天很短，短得来不及拥抱清晨，就已经手握黄昏；一年很短，短得来不及细品初春的桃红柳绿，就要打点素裹秋霜；一生很短，短得来不及享用美好年华，就已经身处迟暮！

人生总是经过得太快，领悟得太晚，所以我们要学会珍惜，珍惜人生路上的亲情、友情、同事情、同学情与战友情，因为一旦擦身而过，也许就是永不邂逅！

20岁以后，异乡与家乡是一样的，走到哪里都能适应；50岁以后，美与丑是一样的，再美的人，皱纹、黑斑、老态都出现了；70岁以后，房子大与小是一样的，关节退化走不动了，所需的空间已经变小；80岁以后，钱多跟钱少是一样的，再花，也花不了多少钱……

你我的一生，差异就是如此小，看开、看懂、看透了，人生不过是如此。当你的人生即将走到尽头的时候，回头一看，会让你感到人生确实就是如此。不必骄傲，不必羡慕，也不必伤心，因为人生本来就是这样的，因此请千万珍惜你已经拥有的并找回你所失去的！

　　看到老万读完之后略有所思的样子，王立仁说："怎么样？我认为这篇说短论长的文章写得很好，把人生描写得入木三分。"

　　老万说："人是在自己的哭声中来到这个世界，又在别人的哭声中离开这个世界，这中间的一段，叫作人生。重要的是我们要让这一生过得有意义。"

听了这话，王立仁有感而发："包括我在内，现在的老年人，面对越来越少的人生晚景，想法肯定多了，在好日子面前，谁都想健康长寿，既然想健康长寿，那就得心情舒畅、高高兴兴地活着。为了文化润老，我有个想法，一是把忽兰英已经牵头建好的这个毛纺厂老年群，扩建为一个义务服务的老年大学圈子群，把智能手机上发现的关心老年人的好帖文，及时转发给大家，让大家分享娱乐，分散老年人的孤独寂寞感；二是我想编辑印制一个精美的纪念册，把我收集整理的5万多字的30篇帖文，整理成册，待第二次聚会时给每个人送上一份厚礼！"

老万问："你真的是一心想牵头举办这个聚会？"

王立仁说："真的。我初步考虑，一是根据上次聚会的组织经验，把聚会的时间，由一天改为两天，凡是参加聚会者，食宿费每人只交20元，不足部分全部由我来补贴。二是把只有几个人临场发挥写作微信帖文的活动，改为有奖征稿活动，可以提前准备，把通知的范围，扩大到在全国各地易地定居的平城毛纺厂的全体退休人员，让能来的尽量来，让大家重在参与，获奖者可以到平城来领奖。三是对有奖征稿设立等级奖，设立临时的专家评委会进行评选，对评选出来的获奖作品，再印制一个获奖作品纪念册，让所有获奖者参加陕西两日游。你说这个办法行不行？"

　　"行啊，这也是文化润老的一个好办法！"

老万称赞地说，"既然你有这个想法，那你就得起草一个怎么实施的通知细则了。"

王立仁高兴地说："好，通知的初稿我起草你修改，然后让忽兰英把这个通知转发到群里。趁着健在，我就想花点钱，给大家筹办这么个聚会，也算是我对大家的一个良好祝愿了，不然的话，我就没有机会办这件事了。只希望，我离世的那天没有遗憾，希望大家在人生晚年的天黑之前，用心关注健康，正确预防疾病，用良好的心态，走好晚年的每一步！"

说着，他把自己精心挑选的带有趣味性、知识性、娱乐性的帖子，拿出来递给老万，让老万一一浏览……

王立仁继续说："我还想把这些帖文，全部

制作成数码打印的宣传展板，放在聚会会场。我已经给这些帖文分别写了几句按语，你如果认为哪个按语写得不够完善，可以修改。还有，你看完了这些风格各异的帖文，对我想牵头筹办聚会的初衷，也就一清二楚了。"

老万高兴地说："如果作为聚会纪念册和展板要用的话，我肯定要精心修改的。先让我浏览一下再说吧。"

老万浏览完王立仁提供的 30 篇帖文和撰写的对应按语，非常高兴，认为这个文化润老、健康润老的办法，是个金点子，如果把这些帖文再优选一下，把对应的按语再修改一下，除了编辑纪念册外，他还可以编入自己最新创作的长篇小说《天黑得很快》，他相信，其会使书稿呈现出更多的亮丽风景线！

老万建议王立仁："你既然打算编辑人手一本的精美纪念册了，这是同一个内容，就不用再制作统一展板了。"

王立仁听了老万的建议，十分赞成地说："可以。那你就按照你的编辑思路，着手编辑修改吧。"

第十章

颁奖聚会

　　王立仁很快就把决定牵头举办第二届聚会的征稿通知拟写出来了。他在《关于平城毛纺厂企业退休人员参加有奖征稿暨二届聚会的通知》中写道:

　　为了让平城毛纺厂的退休人员共同参与一个

有意义的聚会，为了让广大进入老境的退休人员活跃思想，再次展示自己的才艺能力，现决定举办这次由王立仁个人筹资牵头举办的有奖征稿、征帖活动。征什么稿呢？其实就是征集微信帖文，欢迎大家参考帖文的写作特点，创作出符合中老年人欣赏玩味和娱乐的原创帖文，或推荐一批美文帖子，为以后开展更好的有奖帖文交流活动积累经验。征稿、征帖活动的具体奖励办法是：设一、二、三等奖和优秀奖、纪念奖，其中一等奖2名，奖金各1000元；二等奖4名，奖金各500元；三等奖10名，奖金各100元；优秀奖20名，奖品待定；纪念奖若干名。征帖活动的参与人员是平城毛纺厂的全体退休人员，为期半年，截稿时间为今年6月30日。来稿数量与文体形式不

感慨
晚年
—

限，诗词、散曲、快板、歌谣、楹联、散文、评论、老年赋、顺口溜、哲理格言等，均可作为参赛投稿。凡是电子来稿，一律请投王立仁的电子邮箱 34451****@qq.com，将按收稿的先后顺序编号、隐名之后，一式几份地打印出来交给评委，让评委们统一评选。评选结果出来之后，于聚会首日上午当场宣布评选结果，而后隆重颁奖，所有获奖人员免费参加陕西两日游。本通知自发群之日起正式启动！

　　看完了王立仁拟写的征稿通知，老万觉得很好，把该强调的都强调了，把该说明的也说明了，故而也就没有再修改。他问王立仁："你想牵头举办这次聚会的事，你老婆她支持吗？这么大的预算，你们合计过吗？"

王立仁高兴地说："当然是和她商量过的，她是大力支持的。她说这是个好点子，由我们牵头组织举办的这次聚会活动，是一件老有所为的好事情，在社会效益中必然能落个好名声、好响声。这个获奖名额还是她建议的呢，本来我打算每个奖项只有一个人，但她说既然要办，就要办得尽兴，让大家伙都高兴，获奖的名额多了，大家的参与性肯定高，到时候的气氛肯定也好。至于费用，我们这些年攒下不少钱，这些钱还是承担得起的，这你就放心吧。"

老万称赞地说："你们两口子的格局真大。既然这样，那你就把这个征稿通知转发给忽兰英和汪雨灏他们，征求一下他们的意见，如何？"

别看王立仁在老万面前把老伴的大力支持说得那么简单，其实，刘叶叶听了王立仁想牵头举办聚会的想法以后，不仅点赞，还提出了指导性的意见。自从首届聚会结束以后，王立仁就对老伴刘叶叶说了他的想法。刘叶叶一听他的这个想法，一百个赞成。十几年以来，老来伴的日子就像是新婚夫妇一样，一个宝刀不老带动了另一个宝刀不老，现在如果办这么个事，就是锦上添花，花上点钱让更多的老年人聚一下、高兴一下、热闹一下，她当然非常赞成。

王立仁之所以一心想牵头办好第二届聚会，追根溯源，就是想回报社会！他坦诚地告诉过老万，他的人生跌宕起伏，用短镜头看是个悲剧，用长镜头看却是个喜剧。虽然与前几任妻子的缘分不深，但每一任妻子都带给了他快乐与幸福，而她们从没有放弃过自己，也没有嫌弃过自己，总是默默地陪伴与付出。

刘叶叶感叹地说："你是善良的人，总是有心，我是个知足的人。我50周岁才嫁给你，要不是你的再婚决策，要不是老万的诚心撮合，我想我永远也不会像如今这么幸福了。我想，这次咱们就多花一些钱去办，咱们虽然没有外财，但是用咱们的积蓄存款办这么个事，还是绰绰有余的。"

王立仁说："给大家办事，就是给我们自己办事。自从上次聚会之后，我就多次考虑过牵头举办下一次聚会的事，而且把聚会方式和社会效果都考虑过了，认为这是一个有意义的社会公益活动。我想，人这一生，干不了多少事，我这一生，除了和你实现了白头偕老，基本上就没有啥成绩可言，用牵头举办聚会的办法补救一下，也算是我们在人生的天黑之前，干的最后一件大事情吧。还有，咱们俩结婚十几年以来，在你坚持正确治家理政方针的指导下，一直互敬互爱，但我们还没有过过一个像样的生日，这就权当是给咱们俩过个像样的生日吧。不过这话千万不能说出去，说出去了就把事惹大了，人们一听说是给咱们俩过生日，就得准备随礼，有人随礼，咱们就得设宴席请客作为还礼，而且还得准备一些工作人员，负责各种接待工作，场面肯定是小不了，这样办下来，当然没有举办聚会的社会效果好了。"

刘叶叶赞成地说："你的这些想法都挺好的，那就按照你的想法，放开去筹划吧。"

王立仁高兴地说："我已经把征稿通知让老万看过了，我们经过初步研究，就转发给汪雨灏和忽兰英了，等他们定稿以后，咱们就立即启动。"

话音刚落，王立仁手机的视频铃声，铿然响了。

王立仁一看是忽兰英的视频通话，立即点击接听……

忽兰英高兴地说："老万呀，你写的这个征稿通知，我和老伴汪雨灏，都仔细地看过了，认为这个出发点非常好，办法也切实可行，肯定会受到大家的普遍好评。为了把好事办好，为了征

感慨晚年

到高水平的原创帖文，我们对这个征稿通知做了四点修改，一是把征稿通知改为征帖通知。二是对设奖名额和金额做了修改，改为一等奖1名，奖金2000元；二等奖2名，奖金各1000元；三等奖5名，奖金各200元；优秀奖20名和纪念奖若干名不变。三是要求应征来稿，对原创帖稿注明原创，对推荐帖文注明推荐出处。四是可以将获奖作品编辑成一个精美纪念册，因为排版印刷装订需要几天时间，把截稿时间由6月30日修改为6月15日，你看行不行？到时候，两本纪念册一起发，你们看行不行？"

王立仁高兴地说："行。那就按你们修改之后的征帖通知定稿吧。"

忽兰英问："那我就直接向毛纺厂的退休老

朋友群里发了？"

"发！从发群之日起，第二届聚会活动就正式启动了！"王立仁表态道。

几秒钟的工夫，王立仁夫妇就在自己手机的微信上，看到了忽兰英已经转发到群里的正式征帖通知……

看完了经过忽兰英夫妇精心修改的征帖通知，王立仁高兴地对老伴刘叶叶说："对，就这么办！"

人一过70岁，有一个明显感觉，就是总感觉天黑得很快，而且比起70岁以前60岁以后的这10年，感觉要快多了，特别是健康状态年况愈下，感觉就在眼前，远在外省市区和近在眼前的一些名人和一些熟人、友人接二连三地离世的消息，就在眼前！

　　同样是一天 24 小时，与几十年前的一天相比，这 24 小时却是快多了！青少年的时候，总认为还有许多的明天和明年，可现在时过境迁，就不敢再这么想了，而是想着是死亡先到还是明天先到，是消极地等待死亡，还是积极地对待死亡。消极的人自有消极的理由，也就不用去评论他们了，而积极面对天黑之前的人们，就不是这么想的了，总认为这一生没干几件事天就黑了，总想在天黑之前多干一件事。干什么事情呢？干什么事情总比什么事情都没有干强！而王立仁便是举办聚会活动的实际行动，准备干一件讨人喜欢的大事情！

老万也是用积极的态度面对天黑之前的人。他采用"靠多写打开写作思路"的笨办法，坚持自学了一生，成绩是不小不大。在各级纸质媒体上发表了200多万字的各种新闻作品，还在省市报刊上发表了20多个2000字左右的短篇小说。而如今，以王立仁为原型的长篇小说《天黑得很慢》是他最想完成的一件事情。

老万之所以写《天黑得很快》这个小说，就是为了提醒老年群体要适应新的环境，要学会关心自己；要珍惜现在，把握属于自己的幸福；正确看透人生，正确理解死亡，正确面对老境，在有限的晚年时段里，知道天必然要黑而且黑得很快。在天黑之前的宝贵时段里，在这最关键的一段路上，必须高度关注个人的身心健康，才能在最后一段路上，走得轻松、走得自信、走得豪迈，才能多看看现代化社会的各种风景和人生的各种风景，才能对迟早面临的死亡，做好预期的心理准备。同时，希望社会更加关注涌动的老年群体，给老年群体更多的温暖，让老年群体通过不同的健康长寿方式，感到天黑得很慢。

人如果有了想干事的心劲，就有了精神维生素！为了争取早日看到远方的风景，老万开始着手写了……

于是，他写出的故事画卷，一幅幅地展现开来……

伴随着故事叙述的发展，一些金句银段不时地跃上笔端。其中有 5 段，老万最为满意，觉得其是点睛之笔，他想把这 5 段话复制出来，准备作为帖文投稿，试试有无获奖的运气。

——人生的年龄，从一周岁开始，那是一串经常提醒我们、警示我们的数字。健康平安地好好活着才是关键，只要心不老，就可以永远年轻地活着，就可以干更多的实事，就可以实现更多的人生梦想！

——名人写的人生格言语录，那是名人的人生经验之谈。每个人看了名人的哲理格言语录，可以作为参考，结合自己追求的人生梦想，更应该给自己拟写一段人生格言，用于自勉。因为有了自勉格言，就等于给自己修了一条有轨铁路，自己就可以沿着这条人生的有轨铁路，不忘初心地坚定发展下去，一直到实现可圈可点的成功人生！

　　——火车也有向前走、向后退的方向盘，不是单纯依靠铁轨制约疾驰前行的。人生就是宛如铁轨制约列车的关系，铁轨让人时刻想着人生发展的思路，再加上这个方向盘的及时制约，人生就会安全地直达终点站！

　　——人生最宝贵的是生命。然而这生命必须是有智慧的生命，在现代化社会浩荡发展的21世纪，如果是没有文化知识、没有智慧的生命，在未来必然是不受欢迎的人，自身的发展也必然是十分艰难的。即使勉强跻身于生命的行列，也只能当作没有任何知识含量的简单体力劳动者使用！

　　——老年人也应该有最后的人生梦想，这

梦想一是老有所为，二是身心健康，三是夫妇偕老，四是无疾而终。即使这 4 项不可能同时兼得，至少实现其中的一条也可以。因为人在老年，心曲各异，怕的是不知道怎么活。只要知道晚年的活法了，面对最后的天黑之前，也就从容淡定得多了！

征帖通知发出去七八天之后，就开始收到参赛帖文了。尽管只是两三篇推荐类的转发帖文，可这也说明有奖征帖活动，已经打响了！

所谓推荐类的转发帖文，就是从互联网上、手机头条号上下载的关于老年题材的各种美文。考虑到并不是所有退休的老年人都有文字功底，都会写作原创帖文，所以王立仁网开一面地允许了推荐类转发帖文这个必要的补充，目的就是为了扩大参与面，让更多的老年人学好、用好老年知识。至于怎么参与评奖，则根据来稿实际情况来酌定。

包括老万发来的格言帖文和诗词帖文在内，不到 6 个月的时间，王立仁收到的各种帖文，就达到 998 个。经过分类整理，其中的推荐类转发帖文，数量居多，占 49.8%，其他的原创类帖文，为 50.2%。对于推荐类转发帖文，征帖通知中没有说明具体的参评办法，应当属于未尽事宜，既然是未尽事宜，王立仁就可以灵活处理了，他只把收到的第一个同题的推荐类转发帖文，列入了隐名、编号的目录，随后收到的同一个内容的推荐类转发帖文，也就不再予以隐名、编号登记了。

让他非常高兴的是，这些老年人，可能平时很少关注这些劝老、赞老、敬老的美文，正是因为他的有奖征帖活动，才纷纷关注起来。尽管这些老年人的目标，可能就是单纯为了获奖，可在获奖动力的驱动下，老人们参与了一场关于老年问题的美文学习活动，何尝不是一个以点带面的好办法呢！如果按照未尽事宜中的解释权归举办方这个惯例处理，至少可以酌情给个纪念奖，又因为纪念奖是若干名，并没有名额限制，到时候多花一点钱，尽可能地给推荐类转发帖文的参与者，颁发个纪念奖，也是基本可行的。所以，为了减少评委的工作量，提高评选的工作效率，他对这些初选后的各种帖文，进行了再次遴选，凡是经过精心挑选的帖文，全部按照来稿的时间顺序予以隐名、编号,并且打印成一式 6 份,让计划中的 6 名评委,人手一份。

某日下午,王立仁用群发微信消息的方式告诉大家,评选工作如期完成了!

看到了这个消息的汪雨灏和忽兰英,立即回复,表示了热烈祝贺!

为了把聚会搞得圆满成功,随后王立仁当面向老万说了他的下一步筹备思路,一是关于布置聚会会场的事,他准备将获奖的 52 篇帖文,保持评选时隐名、编号的状态,统一用 A4 纸一份一文稿地打印出来,以获奖等级为顺序,整齐地挂在墙上,先给大家一个悬念,让大家猜一猜哪一篇帖文稿件获得了什么奖;二是关于给聚会制作精美纪念册的事，他想把获奖帖文按照一、二、三等奖与优秀奖、纪念奖顺序排列，全部编入纪念册；三是为了将这次聚会载入史册，他建议老万根据书稿的写作需要，可以有选择地将获奖帖文编辑录入《天黑得很快》一书，说明这次试验性的聚会，是在大家的共同关注支持下举办的；四是要教会每一个获奖者，通过制作音乐视频的方式，把自己的获奖帖文，传播给更多的老年人分享！

听了王立仁说的这四点想法，老万当即表示赞同："你的这个思路，是个好办法。"

王立仁已经建议老万，可以有选择地将获奖帖文编辑入选正在写作中的书稿——《天黑得很

快》。为此，聚会的前一天，王立仁在老万的 U
盘中输入了 52 篇获奖帖文电子版的全部稿件。

王立仁提供了全部获奖帖文让老万选择，老
万经过精心挑选，只将其中符合书稿主题需要
的 15 篇最优帖文列入了编选计划。在正式入编
的时候，老万给每篇帖文精心撰写了编者按，让
按语和帖文互动地启迪人们的心灵，引起读者
共鸣！

老万没有想到，不论是 52 篇获奖帖文，还
是他从中精心挑选的 15 篇帖文，都有他撰写和
推荐的 4 篇帖文！后来在聚会开幕式上正式宣布
获奖结果时，他才知道，4 篇帖文分别获得了一
等奖、二等奖、优秀奖、纪念奖。

其一，原创帖文《喜看下一代》。

从子女到孙辈，一个更比一个聪颖，

从外甥到外孙辈，一个更比一个伶俐；

这是踏着时代节拍长大的新一代，

也是承前启后延续生命的新一代；

他们创造了新的人生站位，

每一个都超过我们老一辈；

他们享有越来越好的社会福祉，

每个人都超过我们老一辈；

他们会实现新的成功人生，

每个人都会超越我们老一辈；

励志的人总是不忘初心，

干事的人才会远离贪腐！

从政，廉洁决定命运，

做人，知识驾驭前程！

祝下一代的子女和孙辈们幸福成长吧，

我们的人生获得感，就是你们！

祝下一代的子女和孙辈们勤奋学习吧，

我们的晚年幸福感，就是你们！

其二，原创帖文《我们这一代人》。

这位朋友说，我们这一代人，由贫困走向小康，是经历了科技进步最快、社会变化最大、生活方式变化最显著的一代人。我们曾经面朝黄土，背朝天；受过劳苦，挨过饥饿；经过彷徨，有过失望；做过美梦，有过理想。儿时有过"楼上楼下、电灯电话、三转一响、西装革履"的期盼，长大了也享受过呼机、手机、电视、电脑带来的便利。

从当年骑自行车出门上路的满面春风，到如今驾驶汽车、乘坐高铁动车和飞机出行的平常；从漂洋过海的环球旅行，到旷世缥缈的虚无网游，我们这一辈人的人生经历，跨越了几千年，生活品质也超过了无数代！如今，从童音朗朗到了白发苍苍，从推铁环、跳皮筋，到坐高铁游遍祖国的秀美山川……我们渐渐步入老年，我们将走向永恒！我们值了，我们该知足了！

我们这一辈人，没有经历过兵荒马乱的战争、流离颠沛的逃亡、国破家亡的痛泣、妻离子散的悲伤，就应该想想，这个和平年代是怎么来的！

我们虽也辛劳，却是为了儿孙！虽有苦衷，总还算对得起人生！虽经磨难，却能劫后余生！

我们要放飞梦想，抚平心情，笑看世界，乐对人生。特别是，我们还搭上了科技发展的末班车。

我们聊微信，健康快乐每一天；我们搞网购，新奇物品送身边；我们网上打车，专车接送自动付；我们搞团购，吃住打折很随便；我们常聚会，同学朋友乐翻天！

知足吧，知足就常乐！知足吧，知足就幸福！知足吧，知足就能活好每一天！保住好身体，爱护好自己，健康、快乐、幸福永远伴随你！

我们是活得最值得的一代人，六七十岁，似乎经历了六七千年。值！很值！没白活！

其三，推荐帖文《老伴》。

老伴是糖，没他不甜，生活就像一杯白开水，只有他在的日子才甜。没有糖的白开水，寡淡无味；没有老伴的日子，孤独无依。

老伴，见证过你年轻时的青春靓丽，也见证了你日渐沧桑的容颜，却仍然把你当块宝，捧在手心，揣在怀里。虽然嘴上不说，但谁也离不开谁。

少年夫妻老来伴，一个人，如果到老了，身旁那个一直陪伴你的人，还在你身边，那将是一生的幸福……

穷苦的时候我们走过来了，再苦再难的日子我们也度过了，再大的打击不曾将我们分开。我们应该真心地说一声，我们都辛苦了，一辈子有他坚持陪伴真好。这辈子，他才是真正懂得聆听的朋友。他就是我们这一生中最宝贵的幸福，有他，我们是真的幸运，真的幸福。我们应该一直握紧彼此的双手，一直向前走……

其四，推荐帖文《新的开始》。

人越老，越应该去寻求新的开始。

年龄越大，越不能给生命画上休止符。因为年龄只代表人生的长度，从不会限制人生的宽度，人越老，越应该去寻求新的开始！

聚会在热烈隆重的气氛中进行着……

醒目的会标悬挂在聚会活动的中心台上方："热烈欢迎平城毛纺厂退休人员参加迎庆首个100年征帖颁奖暨聚会活动！"

在专门排列好的十七八条长形大桌上，摆放着花生、葵花子、杏干、香蕉、苹果、奶糖等各种用于招待的干果、水果和糖。

这次聚会比起3年前的首次聚会，知晓率比较高，除了已经辞世的一些人，健在的人都尽量提前赶来了。安排的这次旅行，人们不但看到了沿途大自然的最新风景，领略了现代化交通环境的舒适与便捷，而且还看到了更多的人生风景！

聚会正式开始之前，忽兰英几次去看签到册，发现有四十几个人还没有来签到，是不是这些人已经……正惦念着，她收到了居柏青发来的请假消息："兰英，我正在北京住院，不能按时参加聚会活动了！祝你们聚会开心！"看完这个请假消息，忽兰英顿感一阵酸楚，那些报了名却没有请假的人，是不是已经到另一个世界去签名报到了……

刚刚报到的人们，互相握手言欢，互相拥抱问候，随后大家来到二楼的会场，迎面看见一个醒目条幅："猜猜谁是几等奖！"于是，不少人簇拥到这个条幅下面，看了关于介绍评选过程的前言之后，逐一欣赏着这52篇获奖帖文。人们通过欣赏这些内容不尽相同的获奖帖文，给自己补充着老年知识，想想自己的原有思路，想想自己"长度不少、宽度不多"的实际情况，交口称赞的议论声自然不绝于耳。一些看到自己的参赛帖文也在其中的老同志，久久驻足欣赏着自己的原创获奖帖文或推荐的获奖帖文。虽然暂时还不知道获得的是几等奖，可是，能从998篇投稿中脱颖而出，也是一件很不容易的事，一是证明选题好，二是说明立意好，三是谋篇布局好，也算是老了老了，在这个平台上再风光了一回吧。有几个老同志，聚在一起评论《喜看下一代》，他们认为写得非常好，说："咱们这一代老年人的'这一页'，已经成为不可能再回头、再翻篇的历史了，现在唯一能指望的，就是下一代、新一代，只有下一代人在各自的岗位上兢兢业业，我们健康长寿，就能享受越来越多的现代化的社会福祉……"

有两三位老同志，在一起交口称赞《从容地老去》一文，认为其写得很好，可读性很高，值得一阅，阅后令人长见识……

在各种热烈交谈的气氛中，主持人忽兰英郑重宣布：聚会正式开始！

她先是宣读了聚会的全部议程，简要介绍了一下筹备工作情况，让大家预先知道，这次隆重热烈的聚会，从就餐到颁奖到就近的陕西关中环线旅游都有哪几个景点，共计两天时间总体上是怎么安排的；接着介绍了王立仁决定牵头举办这次聚会的基本想法和预算情况，当她按照议程宣布王立仁同志给大家讲话的时候，全场响起了热烈的掌声……

王立仁颇受欢迎地开讲："健在的老年同志

们，大家现在好！今天好！天天好！年年好！永远好！"

又是一阵热烈的掌声过后，王立仁说："3年前参加首次聚会活动的时候，我就有了牵头给大家举办这个第二届聚会的初心，今天终于实现了。大家能积极参加这次聚会，说明大家对它是非常重视的。我们大多数人如今都70岁左右了，一到了这个年龄，健康是我们最需要重视的问题。同时，不要认为我们是老年人，就没有用了，就没有价值了，我们要学会利用好自己的老年阶段。因为我们身边有很多的老年人，正在为延长自己的生命而奋斗，仍然利用各种方式，在各种岗位上认真工作，而他们并没有老。所谓的老，只是人的心态，心态老了，人也就必然老了。所以我们现在应该想想，该怎么利用当前的健康身体，根据自己的实际能力，想想新的奋斗目标，再出发，这也是人尽其才的一个方面。我想，论年龄，我们的长度已经有了，可是论宽度，我们却是不尽相同，遗憾不少，所以我们要各尽所能地多做一点有益于家庭、有益于社会和谐发展的事情。俗话说，话是开心的钥匙，随后我们给大家每人发一本活动纪念册，一本获奖帖文纪念册。这本获奖帖文纪念册，与活动纪念册是异曲同工，里边有52篇获奖短文，就是从不同角度，谈老有所为、老有所乐、老骥伏枥、老当益壮、老有健康的，其中的老年知识各有千秋，供大家学习参考。不过，为了大家都能及时看到更多的老年美文，学习更多的老年健康知识，我建议不会使用智能手机的老年同志们，都能尽快地学会使用智能手机，这样你就可以经常在手机上，看到更多的关于老年题材的各种美文了，特别是那些名人们写的哲理妙文，一篇比一篇言之有理，而且数量就不止这 52 篇了。至于我牵头举办的这次聚会，就是通过有奖征帖，让大家参与一下比赛活动，关注一下老年知识，让大家老有所乐。如果有安排不周到的地方，请大家多提宝贵意见！"

掌声经久不息……

不知是谁提议的，非得让王立仁的老伴刘叶叶给大家讲几句话，说是王立仁出资举办的这次聚会，肯定得到了刘叶叶的大力支持，所以大家伙想听听刘叶叶为什么这么大力支持这次聚会。

刘叶叶一看推辞不掉，只好站起身来说："我就简单地说几句。老话说得好，夫唱妇随。老王提议说，拿出个几万元给大家举办个聚会，体现一下咱们对老同事们的爱心，我立即就说了个'行'字，就这么简单，根本就没有任何戏剧冲突。不过，我现在既然在这里给大家说了，就顺便多说几句。我给大家提几个建议，供你们参考，一是我们好不容易活到 70 多岁这个年纪了，这是个值得庆贺的大事，祝贺大家 70 多岁有 70 多岁的风采，比起那些人生忽高忽低就像坐过山车的人们，我们这些普通人，能平安地活到 60 多岁 70 多岁，就算是非常好的。尽管白发飘飘，老态明显，可这是任何人都无法抗拒的人生规律。人到了古稀之年，就有了古稀之年的精神风貌，关键是心态要好，从 70 岁再出发，用继续努力向前看的思路，去实现我们每个人新的奋斗目标。

二是人到了古稀之年，什么样的生活能称之为幸福生活呢？经过了几十年的风风雨雨之后，我们已经长了不少见识。工作了这么久，年龄又不饶人，病痛肯定是有的，只要暂时没有什么重大的疾病，已经是很幸运了。到了这个年龄，能做到生活自理，就是一件很幸福的事情，不要以为这个很简单，其实已经有很多人都做不到了。三是注意存点小钱。俗话说，亲生子不如近身钱。老人们应该有自己的小金库。如果银行账户上有一定的金额，每个月又有养老金的帮助，就会不愁吃穿，平时不用老想着省吃俭用，偶尔还能出去旅游，这就是老有所美、老有所养。四是和老伴要和睦相处。凡是 70 岁左右的人，相信已经和老伴经历了很多的风风雨雨，古稀之年能继续和老伴同甘共苦，年轻时发过的誓能做到，"执子之手，与子偕老"，共同度过人生最后的时光，就可谓幸福。五是正确理解儿女孝顺。我们古稀之年了，儿女们也都忙着自己的工作和家庭。到了这个时候，不求他们卧冰求鲤，只要儿女们的心里还有咱们，逢年过节来看看咱们，没事打个电话交流一下近况，听听他们的声音和他们人生发展的一些响声，也就可以心满意足了。六是老年人也要有兴趣爱好，即使人老了，也不应该让自己闲着，这时候的兴趣爱好，就显得非常重要了，工作时没有这么多时间去钻研的东西，如今就可以尽情地去研究了，书法、画画、旅游、摄影、集邮、象棋、电脑，尽情地去享受吧。七是要从不少英年早逝的人们那里，总结经验教训，不要任何事情都借口来日方长。因为'来日方长'这4个字，只不过是一个抽象的漂亮成语，你要是理解错了就会误了大事呢，因为生命这东西，是人生无常，拥有的时候，你觉得是千秋万载亘古永恒，失去的时候说没有就没有了，所以我们在骄傲健康健在的时候要小心失去，在失去的前夕，一定要给生命戴好最后一枚勋章。八是关于学习能力。俗话说得好，活到老，学到老。这个时代变化得太快，隔三岔五就有新知识值得学习。现在人变老了，学习能力肯定也会变差了，但有学习能力总比没有好，有多大的学习能力就学会多少知识，比如越来越多的老年人，学会了使用智能手机，就找到了以前久未联系的同学或战友，

感慨晚年

146

既能叙叙旧，也能唠唠嗑，这说明多学习新鲜事物，只有好处没有什么坏处……最后，祝所有的老年朋友们，身体健康，家庭和睦！"

刘叶叶话音刚落，掌声经久不息……

你听，刘叶叶的这一段话，说得多温馨呀！正是这一段大实话，给聚会活动起到了锦上添花的效果！

刘叶叶的这一段精彩"插曲"，虽然暂时打断了聚会活动的议程，但因为主持人忽兰英的机巧，很快就回到议程。

当进入自由发言的时候，70多岁的韦书印举手发言说："刚才王立仁同志和刘叶叶同志，讲的关于老年人要学会使用智能手机的那一段话，很重要，谁不学就会落后，谁不学就会耽误很多事情，谁学会了使用智能手机，在互联网上就可以随时地阅读名医专家的健康知识讲座，就是如见、如诊、如授、如愿，因为我们现在使用的是4G、5G互联网，又超过了2G、3G时代的互联网，是一个新时代的全覆盖的现代化互联网。如果你现在学会了玩微信和微信视频，坐在家里就可以和国内外任何地方的亲友见见面说说话了，你就会有了享清福的感觉了，就会认为自己又年轻一岁了，因为不论你变与不变，时代都在变，而且刷脸上火车、坐飞机、去实体店就餐或购物的新时代已经到来了。所以我们要想活得年轻些，必须进一步夯实文化自信的支点，必须尽快学习新的现代化知识，这一步跟上了，下一步才能跟上，一旦到了全国全球性的后互联网时代，我们就能同样成为分享现代化交流方式的研究生了，就会对实现健康长寿更加自信了！"

大概是因为韦书印的这一段话说到点子上了，人们用热烈的鼓掌表示赞同……

接下来，忽兰英宣读了获奖名单。宣读完获奖结果之后，大家又是一阵长时间的热烈鼓掌……

让老万深感意外的是，他原创的《喜看下一代》，竟然荣获了一等奖！

还有一个巧合是，主持人忽兰英宣布的获奖结果，与老万选编的获奖篇目不谋而合。尽管老万只选择了52篇中的其中15篇，可一、二、三等奖共计8篇，其中就有7篇进入选编选目录，只有1篇三等奖未入选。还有8篇入编的作品，来自优秀奖和纪念奖！

最终，活动在大家的一片欢声笑语中圆满结束！王立仁夫妇露出了欣慰的笑容。在王立仁看来，他这一生虽然历尽坎坷，但仍然收获了无数的爱与馈赠，他曾经失望过、死心过，但上天眷恋他，大家心疼他，老有所爱，没有孤单地度过余生。

第十一章
实现夙愿

　　尽管老万在长篇小说写作中，还没有实现最终的成功，可他在多次的失败中，也积累了一些写作经验，这就是不怕写得慢，就怕中途停。因为中途一停，写作的思路就会很快形成"脑梗"，原计划的故事情节，就会写不下去了，已经写好的章节，也就前功尽弃了。为此他在写作《天黑得很快》的过程中，不断地提醒自己再努力一把，如果不坚持写下去，就永远无法看到成功的风景，必须下定决心坚持天天写，写下去才能完成初稿，完成初稿才能精心修改，精心修改了才能有成功的希望。所以，已70岁的老万，在写作"精神维生素"的持续推动下，用智能手写板抓紧时间赶写的约20万字的长篇小说《天黑得很快》，终于完成了初稿。

这是一个什么样的写作"精神维生素"呢？

已经70岁的万广胤一直坚持自己文学的梦想，想来也真不容易。可是老万认为，人生是奋斗出来的，奋斗就是生活，人生唯有前进，才有意义，70岁要有70岁的担当，只要活一年，就要抓紧时间，努力为国家、为社会，也为自己，做有意的事情，做好了，就说明自己竭尽全力了。

不少认为写作此路不通的人们，早就放弃不写了，他却一如既往地坚持下来，且收获颇丰；不少人进入 70 岁，已经选择了享清福的生活方式，可他选择了再出发。在他看来，人越老，越应该去寻求新的开始，而且他认为晚年的时段更加宝贵，一旦失去了就永远不会再有了。

通过长篇小说《天黑得很快》的写作，老万再次深刻地感受到，写作是艰辛的，写作长篇小说，更是一个不断克服各种写作困难的过程。据他所知，凡是作家，几乎没有不熬夜写作的，许多人就是因为不规则的作息时间，都是"早晨从中午开始"，所以，除非是那些体质非常好的，其余的人，都会在不同时间的不同年龄段，因为写作而积劳成疾。读者只看到作家功成名就之后人生辉煌的一面，并没有看到作家的写作原动力，更没有看到作家日夜兼程辛勤工作的一面。尽管写作是艰辛的，可每个作家为了笔下故事的成功，都有自己的写作原动力。这原动力是什么呢？就是为了充分体现自己不想虚度年华的人生观，就是为了雁过留声、人过留名，就是为了不辱作家的使命，让自己在人类历史上留下永不磨灭的响声！所以，许多作家在写作的过程中，即使积劳成疾，最终还是写出了历史性作品，为文学事业做出了显著成绩。而许多人穷其一生也没有写出好的作品，就像他自己，除了之前见报的 200 多万字碎片式的各种新闻作品和 20 多篇短篇小说

感慨
晚年
—

之外，并没有发表过令人瞩目的中长篇小说。不少人在青年时期就有过不尽相同的作家梦，可是写着写着就自动放弃了，深刻认识到自己"就不是这犁上的铧"。就像一位女青年，看到别人的署名文章她挺羡慕的，就想写一篇署名文章在县报上先风光一下，可是一连写了3篇"高谈阔论"的文章，都被县报的熟人编辑很快否定了，于是她从此彻底放弃了写作，认为自己根本就干不了这种复杂劳动。

所以，凡是在写作上功成名就的人，如莫言、贾平凹、陈忠实等知名作家，都是肯下苦功夫的人，如果不下苦功夫，怎么能一挥而就地写出几十万字的获奖作品来呢！

老万认为，凡是写作的人，必须有想成为作

家的名利意识，这也是最重要的"精神维生素"，否则在这个艰难的长征路上，就会路断人稀。正是因为写作的艰辛，不论是成名的作家，还是没有成名的作家，都应验了这样一句话："人生永远追逐着幻光，但谁把幻光看作风景线，谁便沉入了无底的苦海！如果不追逐这个幻光，简单也是快乐！"

看看几十年以前青年们的写作风景线，再看看几十年以后的实际成功率和成名率，自然是有作家梦的千人万人，成功成名的只是一人半人了。许多很快放弃追逐幻光而及早改行的人，他们选择了简单就是快乐，简单才能务实养家，这也是对的。

于是，老万用 40 天的时间，在 U 盘上完成了第一遍的精心修改，而后放了十几天，又用 30 天的时间，完成了第二遍的精心修改。第三遍修改则在一个月后，他再次花了 20 多天时间。临向出版社寄出打印纸质书稿的时候，他犹豫了一下，把已经装进快递大信封的纸质书稿，又取了出来，最后用了 15 天的时间，又精心校对了第四遍，这才重新装进特快专递的大信封里……

这个长篇小说书稿，宛若他终于培养成功的一个孩子，现在孩子长大了，就要去独闯天下了，他作为家长，自然是叮嘱了一遍又一遍，送了一程又一程……

老万心想，人要是能预知哪一年哪一月哪一天是自己的最后一段路就好了，这样，他就能提前知道，这个书稿能不能赶在他的生前出版了！
或者，可以召集一部分亲友，用最后一桌盛宴的
方式，召开一个欢送追思会！

王立仁听说老万把书稿已经寄出去一个多月
了，就安慰他耐心等待。如果小说出版，他就会
像其他作家一样，也是名人了。

老万唉声叹气地告诉王立仁，他也想耐心等
待，可是时间不等人了，难免心存焦虑，因为他
担心，已经 70 岁的他，也会像一些突发心梗猝
死的中老年人一样突然倒下，继而在别人的哭声
中很快离世……

所以，书稿出版是老万现在最大的梦想。他
想，如果书稿列入出版计划，他现在 70 岁的生

命，也会像名人说的那样，在再出发的路上，在生命的长度上，也开始有了宽度！

也许是一时忽视安全的原因，也许是老年人遇到意外险情难免心慌意乱的原因，也许是突发轻微老年痴呆症的原因，也许是对方骑电动车逆行造成老万避让不当的原因，意外还是来了。那天，老万骑电动车去环城北路办一件小事，右拐时与迎面一辆逆行的电动车发生了轻微碰撞，老万被撞倒了……

逆行骑电动车的年轻女士，立即把老万送往医院……同时，老万的老伴亓小凤，得知消息以后，立即赶往医院……

经医院检查，老万虽然全身多处疼痛，右手

臂和手腕处的软组织都有明显擦伤，且有一点出血，却无大碍。所谓没有大碍，就是万幸没有造成任何一处的明显骨折，这是老年人被撞跌倒之后的最大幸运，只要对局部外伤做消毒消炎的常规包扎处理，随时就可以出院了。

可受到明显惊吓的老万，精神上已受到程度性影响，在恍惚中后怕了半天，才逐渐地稳定了下来！

老万后来获悉，就在这位年轻女士与他发生轻微碰撞的大约同一时间，3公里之外的另一个路口，一辆白色小轿车与一辆重载大货车发生了意外，剧烈相撞，造成了小轿车上的4名乘员当场死亡！据说，小轿车是一位村民中了30万元彩票后刚刚买的，总共花了16万元，正准备去县城交警大队办理挂牌手续呢。全家4口人高兴上车，为的就是坐上新车顺便兜风。驾驶员就是已有驾照的22岁的儿子，可是刚上路不到20公里，就发生了惨烈的交通事故！

正当他被这场微小型交通事故搞得惊魂甫定的时候，好消息突然来了——他投寄书稿后的第88天，出版社给了他回复消息！

万广胤同志：

您好！您的书稿《天黑得很快》，与时代肝胆相照，是一部既意味深长又相对有创意、有活力、有读者市场潜力的好作品，经研究，决定列入今年的常规出版计划。祝您成功！

老万为之振奋！经过多年努力，他终于迎来了人生的第一个里程碑！

而且是在生命大限之前至关重要的一个里程碑！

你瞅，人生的某个成功，不在于之前的那些多次失败的过程，而在于能够坚持不懈地屡败屡写，才终于看到成功的风景线和登上文坛的风景线，才能够实现登高望远的文学梦想！

你瞅，再遥远的目标，也经不起执着者的多年坚持，正是因为多年的坚持不懈，好消息终于来了，曾经遥远的风景线，突然间就变为眼前的靓丽风景线！

如果小说出版……他高兴地设想着这本书的封面设计！

感慨晚年

什么是幸福？人一辈子最幸福的事，不是多么有钱、多财多福或者多么享受，而是终于看见了自己的成功，遇到了最好的自己！特别是能在古稀之年的天黑之前，终于得知自己所写的长篇小说可以出版了！这就像老来得子一样，令人动容！

　　什么是幸福？幸福就是在持续励志中终于奋斗出来的！能在走了许多弯路之后终于实现了大器晚成！虽然说世上的学问，只要肯用心去学，没有一件事是太晚的，可是，这样的大器晚成，来得如此晚啊！唉，人生该走的那些弯路，就必须去走一走，这也是摸着石头过河，少一米都不行！可是，回头一看，只有在泥泞不堪的道路上，才能留下走过的脚印！

为此，万广胤几天以来因为有惊无险的交通事故造成的阴影，一扫而光，他一下子觉得自己年轻了 10 岁！

　　这本长篇小说即将出版的好消息，让他计划在天黑之前再赶写下一个长篇小说的想法突然就出现了，而且肯定是生命不息、写作不止的劲头，更加有了不能停下来的原动力了。这个原动力，就是他已经看到了，在中国的文坛上，涌现出了更多的中青年作家，当他现在终于跻身这支文学大军的时候，他一定要踏着同频的节拍前进！这个原动力，就是天黑得很快，晚年的宝贵时段，正式进入倒计时了，已经是越来越短越来越宝贵了，一旦失去了，就永远无法写作了！

　　可是因为高兴，他又觉得他的生命，突然又

延长了许多……

于是，他又遐思畅想，如果有可能，他也要像老作家茅盾一样，以自己的稿费，设立一个万广胤长篇小说奖……

不论是获奖还是设立长篇小说奖，这个令人期待的梦想，还是要有的，有了这个梦想，就会被信念叫醒起床，被梦想催促出发！